누구나 한 번쯤 계단에서 울지

일러두기

* 저자 고유의 글맛을 살리기 위해 표기와 맞춤법은 저자의 스타일을 따릅니다.

누구나
한 번쯤
계단에서
울지

평범한 어른이
오늘을 살아내는 방법

김나랑 지음

상상출판

'누구나 한 번쯤 계단에서 울지'란 제목에 반응이 갈렸다. 한쪽은 나도 울어봤다며 지지했고, 다른 쪽은 직장 생활이 힘들어도 그런 적 없다며 다른 제목을 권했다. 그래도 후자에게 계단에서 울 수밖에 없는 심정을 이야기하면 이해했다. 같은 세상에서 사는 우리기에 공유하는 경험과 감정이 있다.

어른이 된다는 건 뭘까. 여전히 어리숙한 내가 짜증 나서 생각해 봤다. 어른이 될수록 비밀이 많아지는 것 같다. 함부로 열 수 없는 검은 방이 늘어난다. 이 책에선 그나마 슬쩍 열 수 있는 적당한 아픔을 공유하고 싶다. 위로를 전하지는 못한다. 그럴 자격이 없다. 다만, 시골에서 상경해 대학을 졸업하고 직장을 다니고 퇴사를 하고 재입사를 하고 카드값 독촉 전화를 받고 병원을 들락거린 나의 이야기를 한다. 세탁기를 사용할 줄 몰라 방에 물이 찼던 내가 이젠 빨래는 할 수 있지만 여전히 '이불 킥'을 한다. 이런 이야기를 쓰면서 위로를 구하고 싶었다. 저만 이러고 사는 거 아니죠?

1장에서는 출근 후의 일을 다룬다. 직장은 날 먹여 살리고 때론 만족감을 주었지만 어제보다 허름한 인간으로 만들었다. 직장 생활과 나의 '기브 앤 테이크' 관계를 고민했다.

　　2장은 우리를 지탱해주는 놀이다. 노브라를 하고 채식을 하고 냉장고 없이도 살아봤다. 잘난 척하지만 '유행 팔로워'일 뿐이다. 비싼 운동을 하다 카드빚을 지고 레포츠 자격증을 따려다 죽을 뻔도 했지만, 놀면서 생기는 잡음은 나를 출근하게 하고 입원하지 않게 도왔다.

　　3장은 내 직업인 잡지 에디터를 설명한다. 번듯해 보이지만 컵라면 먹으며 건강 기사를 쓰고, 업체의 무리한 요구에 자존심 상해 한다(제 직업만 이런 건 아니죠?). 그간 몇 번 그만뒀지만 여전히 이 일에는 진심이다.

　　내가 믿는 친구가 '느끼하기 전에 짧게 쓰라'고 조언했기에 이만 줄인다. 이곳에 등장하는 친구들, 동료들, 상상출판의 이현주 편집자님께 감사드린다.

목차

2장

조금 불안하고 궁상맞아도 혼자의 힘을 믿어봐요

3장
잡지의 신이시여, 듣고 있습니까

1장.

매일의 출근은 고되지만
내 일에는 진심입니다

*

*

그래서, 갑상선암이니?

삼십 대 초반, 회사를 그만두겠다고 말했다.

"이유는?"

"좀 아파요."

"무슨 병인데? 내가 이 업계에서 웬만한 병은 다 봤거든. 말해봐."

마치 본인이 의사라도 되는 것처럼, 내가 무슨 병명을 대든 그 병을 앓은 기자들을 봐왔으니 퇴사할 정도인지 아닌지 내가 판단할 수 있다, 정도의 어투였다.

"그래서, 갑상선암이니?"

갑상선암을 감기처럼 말하다니.

"저… 그냥 좀 아파서요(쉬고 싶다고요)."

나는 병원 진단서만 없지 출퇴근이 불가능할 만큼 몸과 마음이 아픈, 그러니까 번아웃 상태였다.

삼십 대 중반, 또다시 회사를 그만두겠다고 말했다(다른 회사다). 그때는 병원에서 진단을 받았다. 이 년마다 하는 건강검진에서 종양이 발견됐다. 그전까지는 병원에 입원하거나 특별히 진찰받은 적도 없었다. 나는 그네를 360도로 타다 추락해도 병원 가기 귀찮아서 그냥 견디는 게으름뱅이다. 평생 앓아누울 일 없다는 건강 맹신자기도. 그런 내게 종양이라니….

건강검진을 한 병원에서 최대한 빨리 큰 병원에 방문해 정밀검사를 받으라고 했다. 그렇게 찾아간 의사는 바로 수술을 잡고 한 달 동안 회사를 쉬라고 했다. 병원에서 집으로 돌아오면서 무서웠다. 새로운 종류의 두려움이었다. 나의 일부를 잃을 수 있다는, 어쩌면 인생이 틀어질 수 있다는 두려움.

다음 날, 회사 회의실에서 편집장과 독대했다. "그만둬야 할 거 같아요"라고 운을 떼는 순간, 눈물이 쏟아졌다.

"저, 한 달… 흐억흐억… 동안… 입원, 엉엉… 해야 한대요…."

사실 의사는 한 달 동안 휴식을 취하라는 거였는데, 한 달간 입원하는 줄 알았다.

수술을 하고 6인 병실에 일주일간 입원해 있으면서 별생각이 다 들었다. 나는 언제 창가 자리로 옮길 수 있을까, 병원 밥은 왜 이렇게 맛없을까, 내일 아침은 빵으로 신청해야지, 그러고 보면 내 병원사(史)는 회사 다니면서부터네, 주 3회씩 근력 운동도 했는데 왜 이딴 병에 걸린 거지? 담배도 안 하는데? 스트레스의 완승이네.

수술을 알리지 않아 찾아오는 이도 없었다. 대부분의 시간에 나는 혼자였다. 592쪽짜리『거의 모든 것의 역사』같은 책을 이틀 만에 읽었다. 노트북으로 미드〈홈랜드〉시즌 1~7도 봤다. 그래도 시간이 남았다. 너무 누워 있어서 허리가 아팠다. 그래서 또 생각이란 걸 했다. '이불 킥' 했던 실수, 후회, 원망, 자책, 체념, 결심이 머릿속을 맴돌았다. 그렇지만 퇴원 후 대부분 잊었고 특별한 변화도 없었다. 여전히 몸에 안 좋은 음식을 먹고 술을 마시고 누군가를 미워하며 산다.

분명히 변한 것은 있다. 이제는 회사에 먹히지 않는다.

특히 회사 내 인간관계에 잡아먹힐 것 같을 때, 전과는 달리 그 '아가리'를 벌리고 기어 나온다. 침 범벅이 되고 이빨에 긁히지만, 샤워를 하고 연고를 발라 상처가 아물기를 기다린다. 더 이상 잘근잘근 씹히고 싶지 않다. 이런 태도는 때로 눈총을 받는다. 먹히지 않으려고 한 발자국 떨어져 있는 내가 무신경하고 무성의해 보인다나.

일도 받은 만큼만 한다. 월급 혹은 성취감만큼. 대부분의 회사는 매번 백 프로 최선을 다할 수 없을 만큼의 일을 준다. 기대에 부응하려 했다간 뼈가 녹는다. 그래서 백 프로 최선을 다할 것과 아닐 것을 구분한다. 가끔 사람들은 열심히 하지 않는 자신을 자책하는데, 그럴 필요 없다. 우리의 능력이 모자라서가 아니라, 감당하지 못할 양의 일이 주어져서다.

여전히 내 일을 사랑한다. 잡지가 좋고, 취재가 좋고, 글쓰기가 좋다. 이 일을 오래 잘하고 싶고, 그러기 위해 건강을 지켜야 한다. 일단 내가 행복해야 일도 잘할 수 있다. 잡지 에디터뿐 아니라 거의 모든 직장인이 비슷할 거다. 우리는 우리를 지켜야 한다. 건강해야 한다. 열정을 회사에 이용당하지 말아야 하고, 부당한 일을 배당받았을 때 중압감에 시달려 해내지 못하면 능력 없다는 자책에서 벗어나야 한다. 누군가는 너무 안일하다고 하겠지만, 일 때문에 나를 잃고 싶지 않다.

누구나 한 번쯤 계단에서 울지

잡지사에 첫 출근을 하던 날, 점심 메뉴는 부대찌개였다. 선배는 소주를 시켰다. 모 시사지에서 인턴을 할 때도 선배들이 끼니마다 반주를 했었기에, 그날 역시 잡지사는 다 이런가 보다 생각하며 소주를 따르고, 마시고 또 마셨다. 얼굴이 벌게져서 사무실에 앉아 있다가 화장실 변기에서 쪽잠을 잤다. 만취한 신입을 본 편집장은 선배 기자를 나무랐다. 편집장은 속으로 '첫날부터 술 먹는 쟤는 정신머리가…' 하며 입사를 무르고 싶었을 거다.

직장인 누구에게나 화장실과 연대한 추억이 있을 거다. 울고, 쪽잠 자고, 동료 욕하고…. 또 다른 연대 공간은 비상계단이다. 어느 날, 나는 한 후배가 바로 그 계단에서 우는 것을 발견했다. 일단 모르는 척하고 사무실로 돌아가서 선배에게 말했다.

"○○○ 기자 계단에서 울던데요."

선배는 모니터에서 눈을 떼지 않고 말했다.

"누구나 한 번쯤 계단에서 울지."

노래 가사도 아니고, 뭐지.

후배는 눈이 퉁퉁 부어서 사무실에 돌아왔다. 아무도 그 연유를 묻지도, 그를 쳐다보지도 않고 각자 할 일을 했다. 나도 그랬다. 그게 예의 같았다.

나 역시 비상계단에서 운 적이 있다. 막내 기자 때, 대기업의 상무와 병원 원장을 함께 인터뷰했다. 그들의 봉사활동을 취재하는 자리였는데, 그 상무라는 사람은 나를 알은체도 하지 않았다. 애초에 처음부터 무시한 걸 보면 내가 입고 온 옷부터 마음에 들지 않았나 보다. 발가락이 보이는 샌들을 신고 온 어린 기자에게 그녀는 끝까지 눈도 마주치지 않았다. 지금도 그 단발머리와 싸늘한 목덜미가 기억난다. 나름대로 준비해 갔던 예민한 질문, 이를테면 '보여주기식 공익사업' 관련한 물음에는 답해주지 않았다. 다른 질문들은 옆에 있던 병원장이 그나마 대답했지만, 어떻게 원고를 쓸지 모를 정도로 내용 없는 인터뷰였다. 그래도 끝까지 물고 늘어져야 할까 싶었으나 기에 눌려 그만 인터뷰를 접고 사진 촬영을 하자고 했다. 둘은 사진 촬영에는 그나마 열심이었다. 나는 눈물을 꾹 참고 버텼다.

여기서 울면 진짜 끝이야.

회사로 돌아와 비상계단에서 울었다. 콧물이 눈물만큼 나왔다. 대놓고 무시를 당했고, 그 무시를 주변 사람이 다 봤으며, 그런데도 그에 관한 기사를 써야 한다니 자존심이 상했다. 지금의 나라면 그 자리를 박차고 나오거나 무례한 인터뷰이에게 똑같이 해줬을까? 아니다. 그런 옷차림으로 인터뷰에 가지 않았을 것이고, 사전 준비를 철저히 해 똑 부러지는 질문을 했을 것이며, 예의는 차리되 굽신거리지 않도록 애썼겠지. 물론 누구에게도 상대를 무시할 권리는 없다. 그 여자는 그냥 예의가 없었다. "날 인터뷰하는데 인턴을 보낸 거냐"라며 자리를 떴다는 한 방송인처럼. 부디 그런 인간이 되지 말자. 그리고 나부터 잘하자.

이제 나는 비상계단에 가지 않는다. 계단에서 쪼그리고 앉아 울던 시절은 갔다. 언제 마지막으로 회사에서 울었지? 짜증은 어제도 냈는데 눈물은 잘 기억나지 않는다. 십년 전인가, 거짓말하는 인간 때문에 억울해서 찔끔 눈물이 나왔던 것도 같다. 불합리한 일은 여전히 많고 나는 여전히 나약한데 눈물은 다 어디로 갔을까?

일단 회사 일 때문에 눈물을 흘리기엔 좀 억울하다. 슬픈 영화를 봐서, 이별을 해서, 사랑하는 반려견이 아파서가 아니라면 눈물을 낭비하고 싶지 않다. 월급에 비해 많은 시간, 에너지, 젊음을 뺏기는데 감정까지 주기는 싫다. 울면 조금 후련해지지만 그뿐이지 문제가 해결되지 않는다. 누가 봐도 운 얼굴로 사무실에 앉아 있으면 나약한 사람 취급을 받거나 누군가의 가십거리가 될 확률도 높다. 더는 일 때문에 울지 않는다는 선배는 말했다.

"일과 나를 분리하는 거야. 안 좋게 말하면 더는 정을 주지 않는 거지."

정 주지 않으려면 기계적으로 일해야 하는데, 그 또한 인생의 일부를 앗아가지 않을까. 365일 중에서 300일을 회사에 앉아 있는데 그 시간들을 기계적으로만 대한다면,

삶이 너무 건조해져 '바삭' 하고 으스러지지 않을까? 그래도 뭐, 어느 정도 차용해 볼 만하다. '사회에서 만난 인간관계'의 법칙을 일에 대입해 본다. 일은 일일 뿐 가족이나 친구처럼 나를 아껴주거나 위하지 않는다. 철저한 기브앤 테이브의 관계. 나는 그에게 시간과 노력을 주고, 그는 나에게 보수와 성취감을 준다. 서로의 존재를 인정하되 똑같이 주고받아야 한다. 자잘한 정이나 헛된 기대 따위 하지 않는다. '내가 이렇게까지 열정을 퍼부었는데, 너는 어째 반응이 뜨뜻미지근하냐? 나를 이렇게 대할 수가 있어?' 같은 상황이 벌어져서는 안 된다. 아주 깔끔하게 계산적으로 일해야 한다(물질적 보수뿐 아니라 성취감도 해당한다). 그러면 계단에서 우는 열 번 중 세 번 정도는 줄지 않을까?

솔직히 나도 잘 못한다. 겉으로 눈물을 보이지 않아도 마음으로 운다. 우는 횟수는 줄어들지라도 아예 울지 않는 인생이란 불가능하다. 그저 누군가 비상계단에서 나처럼 울고 있다고, 혹은 마음으로 울고 있다고 연대를 가지며 살 뿐.

월급의 흑역사

2005년, 나의 첫 월급은 90만 원이었다. 3.3% 세금은 떼지 않았다. 회사에서 월급 받는 직원이 아니었고 편집부 진행비에서 나오는 돈이어서다. 항목은 '사람 대여비' 정도 됐을까?

비슷한 시기에 패션 홍보대행사에서 일한 친구 J는 80만 원을, 패션 디자이너 사무실에서 일한 친구 S는 30만 원을 받았다. 우리 모두 회사가 압구정동에 있어서 자주 만났다. 이 만남은 일 년 정도에 그쳤다. 삼 일에 한 번꼴로 집에 가던 친구들이 퇴사했기 때문이었다.

나처럼 90만 원을 받고 일하던 동료 기자는 목에 팻말을 걸고 시위를 할 거라고 했다. 일한 시간을 시급으로 계산하니 최저임금에 못 미쳤기 때문이다(당시 최저임금은 2,840원이다). 야근 수당이나 주말 수당도 없었다. 친구는 맥도날드 알바할 때가 그립다고 했다. 일한 시간만큼 돈을 받았고, 여기처럼 스트레스가 심하지도 않았다면서.

나는 일 년간 90만 원을 받으면서 거의 매달 카드사의 전화를 받았다. 15××으로 시작하는 대금 독촉 전화. 15××를 피하자 카드사는 010으로 전화했다. 일 때문에라도 010은 모르는 번호라도 받아야 했고 조만간, 곧, 25일에 갚겠다고, 그때가 월급날이라고 사정했다. 같이 90만 원을 받던 동료는 매달 10만 원의 적금을 부었으니, 당시 내 재정 상태는 월급 문제만도 아니었다. 하지만 어쨌든 90만 원은 부당한 월급이었다. 회사는 꿈을 빌미로 노동을 착취했다.

2006년, 근로계약서를 쓰고 정직원이 되었다. 첫 연봉은 1,440만 원. 이 숫자는 못 잊을 거다. 나의 일 년 가치가 1,440만 원이라니 충격이 컸다. 세월이 흘러 "나는 1,440만 원을 받고도 열심히 일했다"라고 말하는 꼰대가 되었지만, 당시에는 자존심이 상해서 아무에게도 말하지 않았다. 부모님이 연봉을 물어보면 "뭘 그런 걸 알려고 해"라고 했다. 부모님이 대충 짐작하신 금액은 당연히 내 연봉보다 높았고 나는 "그 정도 선"이라고 얼버무렸다. about, 대략, 대강이라는 의미니까 거짓말은 아니지. 근사치도 안 되니 거짓말인가?

한동안 내 목표는 연봉 올리기였다. 물론 이직하지 않고 같은 회사 내에선 연봉 '협상'은 없었다. 회사의 일방적인 연봉 '통보'지. 연봉 인상률이 물가 인상률보다 낮을 때도 있고 동결도 흔하다. 왜 잘될 때는 입 닥고 위기에는 힘을 모아달라는지. 선배들은 연봉 인하라는 싸늘한 경험담도 들려줬다. 어떤 당찬 에디터는 연봉 협상 문서를 앞에 두고 자신의 업무 성과를 브리핑하며 추가 인상을 요구할 수 있었겠지만, 나는 아니었다. 연봉을 올리는 수단은 이직뿐이었다.

보통 에디터가 다른 잡지로 스카우트되거나, 스카우트까지는 아니더라도 회사를 옮길 때 연봉을 올린다. 나는 선배들의 조언대로 기존 연봉의 10~20% 인상률을 제안했는데 출발선이 워낙 낮아 그래 봤자였고, 그렇게 올린 연봉은 삼 년간 동결이었다. 월급을 볼 때마다 자존심이 상했다. 그래서 소비로 내 가치를 증명했다. 보증금 2천만 원에 월세 10만 원인 집에 살면서 명품 가방을 사고 코스 요리를 먹었다. 월세 10만 원에 살면서 그러면 안 된다는 게 아니라, 취향이 아닌 껍데기에 낭비했다. 상한 자존심 을 그렇게라도 되세우고 싶었다.

십오 년이 지난 지금, 다행히 열정으로 노동을 착취하 는 회사가 줄었다. 꿈이 있으니 버티라는 헛소리도 줄었 다(물론 아닌 곳도 있다). 다른 문제는 연봉 비밀제다. 나는 내 동료의 연봉을 모른다. 같은 연차여도 연봉이 다르기 에 쉬쉬한다. 내가 동료보다 적게 받는다는 건 그만큼 능 력이 부족하다는 판결 같아서다. 당연히 그렇지 않다. 하 지만 여전히 우리는 연봉을 공개하지 않고 '월급이 그지 같다'는 말만 반복한다. 연봉은 깨끗하게 공개되어야 한 다. 감출수록 회사는 연봉을 적게 줄 수 있다. 연봉을 올 려달라고 하면 회사는 아무도 그렇게 받는 사람이 없다고 '뻥'을 쳤다. 확인할 길이 없으니, 늘 패자는 나였다.

최신폰보다 그냥 NO 폰

에디터로 일하며 수화기 공포증에 시달렸다(아직 수화기라는 말을 쓰던가). 이 일을 시작하고 나서 생각지도 못한 많은 타인과 접촉해야 했기 때문이다. 대학 때 피디를 꿈꾸던 친구는 내게 물었다.

"너는 왜 피디 말고 에디터가 되고 싶어?"

"응? 그냥, 피디는 사람 많이 만나야 하고 에디터는 책상에서 혼자 일하면 되잖아."

틀렸다. 어떤 직업이 그렇지 않겠냐마는, 에디터 역시 수많은 사람과 일한다. 특히 나를 모르는 타인에게 섭외 전화를 자주 돌려야 한다.

"안녕하세요, 저는 ○○○ 잡지의 김나랑 에디터인데요."

돌아오는 답변도 다양하다.

"네에~" 섭외 전화 수백 번 받아본 유명 인사 혹은 그 매니저의 '나는 관대하지만, 용건을 빨리 말하라'는 말투.

"네???" '넌 누구니? 바쁘거든, 귀찮거든'의 축약.

"제 번호 어떻게 알았어요?" 이런 답변을 들으면 그냥 끊고 싶다.

"이메일로 주시겠어요?" 저처럼 통화 울렁증 있으시군요!

입사 후 첫 일 년은 수화기만 봐도 가슴이 두근거렸다. 그래서 선택한 방법은, 지체 없이 수화기 들고 번호 누르기였다. 제발 받지 마라, 받지 마라… 생각을 하며 연결음을 듣는다.

"여보세요."

"아, 저 ○○○의 김나랑 에디터인데요. 이번 호에 선생님을 인터뷰하고 싶어서 전화드렸어요. 잠깐 통화 가능하실까요?"

그리고 이어지는 나의 일방적인 통화. 이런 기사를 준비 중이고 바쁘시겠지만 함께하고 싶다는 제안 혹은 청의 내용을 쭉 말한다. 나는 말을 할 테니 너는 들으라. 그렇게 내 할 말만 하고 끊기 십상이었다.

한번은 편집장이 물었다.

"너는 섭외하라는 말 떨어지자마자 수화기를 드네? 어떻게 말할지 정리도 안 하고?"

나도 처음에는 대화 시뮬레이션을 해보고 수화기를 들었다. 이렇게 설명해야지, 이렇게 되물으면 이렇게 답해야지, 하고. 하지만 시뮬레이션 하는 시간조차 스트레스라 바로 수화기를 드는 게 나았다.

어느새 수화기 공포증은 잦아들고 카톡 노이로제가 왔다. 사람들이 전화보다 카톡을 많이 쓰기 때문이리라. 나도 300분 무료 통화 요금제에서 30분도 안 쓴다. 예전엔 업무상으로 통화나 문자가 아닌 카톡을 보내면 예의 없어 보였는데 이젠 통용되는 분위기다. 확실히 많은 이가 대면보다는 비대면을, 대화보다는 채팅을 편안해 한다. 타자를 말만큼 빨리 칠 수도 있고.

문제는, 비대면이어서 그런지 카톡을 시도 때도 없이 날린다는 것. 카톡을 보내는 대상은 사람이 아니라 컴퓨터 속 이름으로만 존재한다. 그래서 더 예의가 없어진다. 퇴근 후 카톡을 보내는 모든 인간들에게 '퇴근 후 카톡 금지법' 뉴스를 보내주고 싶다.

그들은 보통 이렇게 시작한다.

"밤늦게 죄송합니다." 죄송하면 하지 말지.

"제가 급해서 그런데요." 당장 해결 못 할 시 재앙을 맞이한다면 이해하겠다. 그러나 보통 그 정도로 시급하지 않지.

"마무리가 다 됐나요?" 뻔뻔하다. 우리 몇 시간 뒤에 출근해서 만나잖아요?

차라리 업무 카톡이면 그러려니 해보겠다. 밤 열 시에 연예인 찌라시를 보내는 선배도 있다. "ㅋㅋㅋ"라고 답할 수밖에.

카톡, 카톡, 카톡, 카톡. 추억의 msn 메신저 시절에는 이 정도는 아니었던 같다. 그때는 모바일이 아닌 PC 메신저여서 그랬나(물론 그때도 메신저 로그인으로 출근 시간을 파악하는 상사가 있었다). 우리는 갈수록 초밀접 사회를 산다. 텍스트와 이모티콘, 짤이 온갖 틈을 옥죄어 온다. 그 무차별 폭격에 응대를 해야 하는 노동자들. '네'는 약해 보이니 '넵'이라고 답하는 '넵무새'가 되고, 웃지 않는 얼굴로 'ㅋㅋㅋ'를 쓴다. 휴대폰에 카카오톡을 깔지 않은 후배가 존경스럽다. 나는 왠지 급한 연락을 놓칠 것 같아 마음이 졸아들고, 상사에게 무례해 보일 것 같고, 외근일 때 일 처리를 못 해 피해를 줄 것만 같아 카톡을 못 지웠다.

성공하는 사람들은 아날로그 생활을 한다는 기사를 접한다. 한 저명한 작가는 이메일을 사용하지 않아 그의 비서가 이메일을 출력해 내용을 읽어준다고 한다. 당연히 스마트폰도 쓰지 않는다. 그러고 보면 카톡과 휴대폰에서 해방되는 것이 럭셔리다. 나는 비서를 둘 만큼은 성공 못 할 텐데… 어쩌지?

기획자의 이삭줍기

　기획안을 쓸 때마다 자괴감이 든다. 다음 호에 뭘 하지? 피곤해서 맥주 한 캔 마시고 잤으면 좋겠는데⋯. 다음 호에 하고 싶은 기사가 있기는 하고? 지난달에 대체 뭘 한 거야? 다닌 데도 없고 만난 사람도 없으니 생각이 나겠냐고. 평소에 사부작사부작 몸을 움직여 이것저것 습득해 놔야 기획안을 쓸 때 덜 피곤하다. 한 달 멍하니 있다가는 막연한 상상의 나래를 펼쳐야 하는데, 그렇게 나온 기획은 식상하거나 세상과 동떨어지기에 십상이다. 아이디어라는 싹을 틔울 나의 이삭줍기 습관을 소개해 보겠다.

　일단 세상에 무슨 일이 벌어지는지에 관심 갖는다. 정치, 경제, 사회, 문화 전 분야를 깊게는 아니어도 훑는다.

"패션 잡지를 만들면서 정치는 왜?"라고 물을 수 있지만, 세상사는 맞물려 돌아간다. 레트로 패션의 유행이나 아보카도의 광풍이 정치, 사회와 무관할까? 물론 모든 분야에 능통하긴 어렵지만, 세상이 돌아가는 흐름을 알고 있어야 우습지 않은 콘텐츠를 만들 수 있다. 이를 위해 종이신문을 오래 구독하고 있다. 인터넷 뉴스는 내가 좋아하는 기사만 읽게 되기 때문이다. 종이신문은 한 장 한 장 넘기면서 관심 없는 분야의 헤드라인이라도 읽게 된다. 성향이 다른 신문을 두세 개 함께 구독하면 더 좋다. 하나의 신문을 읽는 데 보통 한두 시간 정도가 소요되니 쉽지는 않다. 우린 늘 시간이 부족하니까. 그래서 외출할 때 신문을 들고 나간다. 지하철을 탈 때나 카페에서 누군가를 기다릴 때 읽는다. 책과 달리 신문은 읽은 뒤 쓰레기통에 버리면 되니 무겁게 들고 다니지 않아도 된다.

또 유행하는 것들은 경험해 보려 한다. 유튜브가 인기라면 나도 빠져본다. 내 음악 스타일은 아니지만 요즘 인기 있다는 케이팝이 뭔지는 알아두고, 도저히 내 취향이 아닌 천만 영화라도 왜 천만인지 가서 본다. 드라마는 한두 회라도 봐둔다. 요즘 방송 채널이 많아진 만큼 쏟아지는 드라마도 많아서 쉽지 않지만 '짤'이라도 봐둔다. 잡지 에디터는 배우를 인터뷰할 일이 많은데, 그때마다 그의 작품을 몰아보는 끔찍한 일을 막기 위해서기도 하다. 지금 사람들이 좋아하는 것이라면 일단 해보고, 흐름을 파악하고 있어야 감이 덜 떨어진다.

흐름을 읽는 것 외에도, 내가 좋아서 빠질 취미를 갖는다. 나는 본디 싫증을 잘 내는 인간이라 취미가 '취미 수집'이지만(소주가 지겨워져 와인을, 러닝 복이 예뻐서 러닝을, 가끔 우울해지기에 인문학이나 심리학에 흥미를 갖는 식), 이 분야에선 그런 가벼움도 꽤 유용하다. 이것들은 언젠가 기획안에 등장할 수 있다. 좋아서 할 뿐인데 일에 써먹을 수도 있으니 시간과 돈을 과감히 투자한다(그저 핑계일지도).

잡지 기획은 유행과도 상관있지만, 사실 에디터의 성향에서 나올 때 더 재미있다. 이것이 신문과 잡지의 차이 중 하나라고 생각한다. 딱히 시의성이 없을지라도, 내가 오디오에 조예가 깊은 마니아라면 무료로 오디오 감상을 할 수 있는 장소를 소개하는 기사를 기획할 수도 있다. 러닝 크루에서 활동하며 그들의 건강한 에너지에 감동했다면,

러너들을 인터뷰해 독자에게 활력을 전달할 수도 있다. 시대의 흐름과 나의 취향. 이 두 개를 동시에 가져간다면 당신은 이미 일등 기획자다(물론 나는 아니다).

　무엇보다, 경험상 좋은 기획은 사람에게서 나온다. 각 분야의 다양한 사람들을 만나 대화하다 보면 자연스럽게 아이디어가 따라온다. 내가 경험해 보지 못한 분야, 모르는 세상의 사람들과 얘기하면 흥미로운 주제들이 툭툭 튀어나온다. 이런 신문물이, 이런 시선이 있다니! 무용하게 모여 술 한잔하며 상사 욕이나 하는 자리에서도 각 분야의 노동자인 그들은 신기방기한 소스를 흘린다. 사람 만날 시간이 도저히 없다면 그들의 SNS를 보면서 아이디어를 구하기도 한다. 하지만 확실히 만나지 않으면 한계가 있다. 기획자는 많은 사람들을 만나면 좋다. 영감의 원천은 사람이다.

나 때는 말이야

　후배 앞에서 튀어나오려는 말을 몇 번씩 주워 삼키고, 치솟는 화를 누르며 생각한다. 내가 꼰대인가? 쟤가 이상한 게 아니고?

　"이렇게 청춘이 가버린 것 같아 당황하고 있어요. 그동안 나는 뭐가 변했을까. 그저 좀 씀씀이가 커지고, 사람을 믿지 못하고, 물건 보는 눈만 높아진, 시시한 어른이 돼버린 건 아닌가 불안하기도 하고요."

　김애란의 소설집 『비행운』에 수록된 단편소설 「서른」의 한 구절이다. 나도 시시한 어른이 될까 봐 늘 불안했다. 그래서 시시한 어른에게 날이 섰다. 그들은 일명 '꼰대의 육하원칙'을 즐겼다. 내가 누군지 알아(Who)?, 뭘 안다고

(What)?, 어딜 감히(Where)!, 나 때는 말이야(When)!, 어떻게 나한테(How)!, 내가 그걸 왜(Why)?

꼰대는 주로 자기 얘기만 한다. 택시 기사가 "오늘 날씨 좋죠?"라고 말을 건넨다면 그는 내 의견이 궁금한 것이 아니다. 이 질문은 자신의 얘기를 하기 위한 오프닝에 불과하다. 그렇게 대통령 뒷담화가 시작될 때면 나는 눈을 감고 자는 척을 한다. 한 유명 연극배우의 강연을 들을 때도 비슷한 일이 있었다. 그는 "자네는 어떻게 생각하나?"라고 앞자리의 학생에게 물어놓고 그 학생이 입을 떼기도 전에 "나는 말이지" 하며 고개를 돌렸다.

나는 39세다. 시소의 끝에 앉아 반대쪽의 기성세대를 누르려 애쓰다 보니 어느새 시소의 중간 즈음 와 있다. 나보다 일찍 퇴근하는 막내 기자를 보며 '쟤 일 다 한 건가?' 하는 생각이 든다면 나는 꼰대인 걸까? 한 삼십 대 운동선수가 인터뷰 중 이렇게 말했다. "선수촌에서 제가 제일 열심히 해요. 애들은 진짜 저보다 안 한다니까요." 그는 꼰대일까?

인터넷에 검색해 보니 '꼰대 조로 현상'이 나온다. 일찍 꼰대가 되는 이삼십 대를 일컫는 말이다. 대학명과 학번이 쓰인 '과 잠바'에 집착하며 선배에게 '다나까 체'를 쓰는 대학생들의 기사를 읽으며 나도 모르게 혀를 쯧쯧 찼다. 뒤이어 간호사들의 '태움 문화' 관련 기사를 보고 경악했다. 스스로 꼰대인지 알아보는 체크리스트로 점검도 해봤는데, 나는… 거의 절반에 동의했다. 내가 너만 했을 때란 말을 자주 한다? 아니오. 내가 한때 잘나갔다는 사실을 알려주고 싶다? 예. 자유롭게 의견을 말하라 해놓고 내가 먼저 답을 제시한다? 아니오. 나보다 성실하고 열정적으로 일하는 사람은 없는 거 같다? 예. 테스트 결과는 '자숙 기간이 요구되는 꼰대'라. 아니, 내가 왜?

꼰대가 뭘까. 한 심리학자에게 물어봤다. 그는 꼰대를 자기애적 성격 장애, 즉 나르시시즘으로 봤다.

"나는 언제나 옳고 뛰어나기에, 내가 세상의 옳고 그름을 판단해야 한다는 사고방식이 나르시시즘과 통해요. 개인보다는 나이와 직위에 기대는 나르시시즘이기에 권위주의적 성격도 포함되죠. 대부분이 자기 성향에 의존하고 현실을 왜곡하며 잘 삽니다."

그리고 덧붙인 말이 더 충격적이었다.

"심지어 어떤 조직은 그런 꼰대를 이용해 젊은 직원을 통제합니다. 보통 그런 조직의 최고위층이 가장 심한 꼰대고, 조직의 운영 논리 자체가 꼰대스럽죠. 이런 상황에서는 조직과 꼰대 모두 윈윈인 게임이어서 바뀔 필요가 없습니다. 따라서 꼰대를 정말 고치려면, 당사자의 노력을 기대하기 전에 그런 행태가 이제는 먹히지 않는 환경을 만들어야 합니다. 주변에서 꼰대질을 계속 받아주면 안 되죠."

　사회학자에게도 꼰대에 관해 물어봤다.

　"한국 사회에는 수직적 위계가 많아서, 선배나 윗사람의 역할이 사회적 평가의 대상이 되죠. 어릴 때부터 '오빠 노릇, 형 노릇, 누나답게, 맏언니라면' 등 윗사람이 아랫사람을 조언하고 이끌어야 하는 압박이 강해요. 대학생일 때 역시 '선배 노릇 잘한다'라는 말이 있고, 실제 그런 선배들이 인기 있죠. 직장에서도 이 문화가 이어지는 거예요."

　그렇다면 나의 꼰대 기질도 '역할 부담' 때문일까? 선배 노릇 하려고? 그렇지만 내 좌우명은 '각자도생'이다. 최근에 제일 감명 깊게 읽은 글은 문유석 판사의 책『개인주의자 선언』의 서문이란 말이다.

이런 내게 한 친구가 말했다.

"꼰대의 가장 큰 문제는 자기가 꼰대인 줄 모르는 거지."

후배에게 백날 노하우를 알려준답시고 애써도 그에겐 그저 낡은 이야기, 흘러간 강물일 수 있다. 그럼에도 나는 자발적 무료 봉사에 상응하는 특권(권위)을 누리려 한다. 그가 먼저 알려달라고 부탁하지도 않았는데 말이다. 일방적인 도움은 상대에게 부담이 될뿐더러 자율성을 해치며, 자존심에 상처를 줄 수도 있다. 그런데 나는 내 마음대로 화살을 쏘아놓고 후배의 뒷담화를 한다.

"공들여 알려주면 뭐 해, 전혀 고마워하지 않는데. 나 개한테 상처받았잖아."

동료들과 점심을 먹을 때면 대화 주제는 연예인 가십에서 으레 후배 뒷담화로 이어진다. 여기에서 단골 멘트는 "우리 때는 안 그러지 않았니? 왜 그렇게 열심히 안 하니?"다. 야근 사이의 저녁 식사 시간, 배달 음식을 먹던 중 상사의 "나랑 에디터, 이번 달 힘들었나?"라는 질문에 "에이, 예전엔 회사 창고에서 자면서 일했는데요, 뭐." 하고 답했다. 앞에는 밥을 다 먹고도 그릇을 치우기 위해 앉아 있는 막내 사원이 있었다. 여기서 나한테 영화 〈생활의 발견〉 속 명대사를 말해주고 싶다.

"우리, 사람은 못 돼도 괴물은 되지 말자."

왜 다른 사람도 나만큼 일해야 하는가? 내가 그만큼 일을 하긴 했나? 마음대로 과거를 편집한 건 아니고?

일본의 지성, 우치다 타츠루는 책 『힘만 조금 뺐을 뿐인데』에서 온갖 불쾌함을 그저 견뎌온 사람이 스스로를 '그릇이 큰 사람'이라고 착각하며 꼰대의 길로 들어선다고 설명한다. 그들은 술잔을 들며 이렇게 한탄한다. "왜 주변에 재수 없는 사람밖에 없는 거야?" 그리고 상대가 자신처럼 참지 않는다며 화를 낸다. 견디며 살아온 시간이 잘못되지 않았음을, 상대가 나를 따름으로써 인정받고 싶은 거다. 그렇기에 본인처럼 살라고 꼰대질을 하게 된다. 내 생각이 맞는다고, 내 규칙에 따르라고.

꼰대질은 자기방어의 잘못된 형태다. 불안과 위협을 느끼면 자신을 보호하기 위해 자기중심으로 생각하는 것이다. 당장 눈앞에서 벌어지는 후배의 잘못 때문이 아니라, 유년의 사건이든 사는 게 힘들어서든 자신의 문제로 괴롭기에 꼰대질을 한다. 엉망인 삶을 타인의 인정 혹은 복종을 통해 보상받고 싶어 하는 것이다. 처참하다.

우치다는 참지 않는 삶을 살 때, 행복할 때 꼰대가 되지 않을 수 있다고 말한다. 상대가 내 삶을 답습해야만 내 삶이 인정받는 것 같은 열등감에서 벗어나야 한다. 일본의 만화가 야마다 레이지는 『어른의 의무』라는 책에서 어른의 의무로 다음 세 가지를 제안한다. 불평하지 않기, 잘난 척하지 않기, 기분 좋은 상태를 유지하기. 이 세 가지 의무를 다하려면 당연히 먼저 내 삶이 만족스러워야 한다. 자, 그럼 어떻게 어른으로 잘 살지 다시 생각해 볼까.

새벽 두 시에 도착한 카톡 메시지

카톡!

새벽 두 시에 울리는 알람. 구남친이 아니다. 상사다.

'디지털 워킹 타임'이 늘어났다. 2014년, 프랑스에서 '업무 시간 외 연락 금지 법안'을 만들었다는 뉴스를 봤다. 법안에 따르면 회사는 퇴근한 직원에게 업무 관련 전화, 메신저, 메일을 발송해선 안 된다. 프랑스 국민은 주 35시간의 근무, 연간 6주의 유급 휴가에 퇴근 후 회사를 잊을 권리까지 챙겼구나 싶었다.

관련 기사를 쓰며 설문 조사를 진행했다. '급한 업무일 때, 퇴근한 직장인에게 카톡을 보내도 괜찮은가'라는 질문에 열에 한 명만 분개할 뿐, "누군들 보내고 싶어서 그러겠냐"는 반응이 다수였다. 어라? 답변자가 모두 상사인가? 그들은 사회생활의 융통성을 강조했고, 일이 터지고 난 뒤 수습하느니 차라리 지금 응답하겠다, 오죽하면 그러겠냐고 답했다. 질문에 '급한 업무'라는 조건이 붙어서일까? 아량이 넓었다.

더 놀라운 점은 '몇 시까지 업무 연락이 용인될까'라는 질문에 대다수가 밤 8~9시까지라고 답했다는 거다. 아홉 시? 2013년, 프랑스 정부는 밤 아홉 시까지 연장 근무를 시킨 애플 프랑스 지사에 1만 유로의 벌금을 물렸는데? 내가 이전에 다닌 회사는 밤 열 시부터 야근 수당이 나오기는 했다. 아홉 시는 야근으로도 안 치는 분위기니까 집에서 카톡 받는 것쯤엔 관대한 것인가. 우리 직장인의 시계는 따로 도는가. 심지어 새벽이나 일요일 아침 일곱 시까지 괜찮다고 답한 이들도 있었다.

K 선배는 새벽이면 카톡을 보냈다. 다음 날 내가 할 일에 관한 내용이었다.

"나이 드니까 자주 까먹어서 그래. 이해해 주라."

뭘 이해하라는 걸까? 가장 효율적인 기억법은 실행하

고 잊어버리기라던데. K 선배는 다음 날 출근 때까지 기억하기 위해 에너지를 쓰니 상대에게 일단 넘기고 본인은 속 시원히 잠드는 것이다. 누군가는 메시지가 와도 신경을 쓰지 말라는데, 나는 매트리스 밑의 강낭콩 때문에 잠 못 자는 예민한 공주님처럼 찝찝해져 결국 내용을 확인하게 된다. 내가 하는 반항이라곤 확인하고 답을 안 하는 정도다. 혹시 나와 비슷한 유형이신 분?

잡지의 SNS를 관리하는 동료는 반 포기 상태였다.

"휴가 중에 카톡 안 봤다고 편집장님에게 욕먹었어요."

온라인 담당은 항상 'ON'라인이어야 한다나. 생각해 보니 나도 주말에 어시스턴트에게 연락한 적이 있다. 미안하다는 사족을 붙였지만 어쨌든 보낸 건 보낸 거다. 한국에서 회사 다니는 사이끼리 이해해 줘야 할까? 우리가 아량이 넓은 걸까, 프랑스가 오버하는 걸까? 아니면 봉기할 일일까?

우리나라도 그나마 법이 생기면 나아질까 싶다. 업무 시간 외에 업무 관련 지시 및 연락을 금하는 일명 '퇴근 후 카톡 금지법'은 몇 년째 국회에 계류 중이다. 국회는 일하라! 우린 퇴근 후 회사를 잊을 권리가 있다!

프로미워러

퇴원 후 회사를 그만두고 남미로 떠났다. 5개월간의 여행이 끝나고 돌아오는 공항에서 결심했다.

험담하지 않겠다.

과거의 나는 회사 험담, 선후배 험담, 불특정 다수 험담을 말과 카톡 메시지로 쏟아냈다. 험담을 하면 마음이 풀리기보다 속만 긁혀나갔다. 패인 자리에는 초라와 피곤이 눌어붙어 몸을 망가뜨렸다. 내가 아팠던 이유 중 하나가 험담 같았다. 험담 보이콧은 나를 위해서였다. 그래야 내가 살 것 같았다.

사 년이 지난 지금, '프로미워러'가 된 것 같다. 누군가를 미워하고 험담하는 일을 프로처럼 해내는 사람.

아침에는 탕비실에서 만난 동료와 티 타임마냥 험담 타임을 치른다. 점심시간의 험담은 반찬이다. 이전에는 누군가를 미워하고 욕하면 녹초가 됐는데, 섬뜩하게도 이제는 험담을 스트레스 해소 장치로 쓴다. 카톡으로 험담을 할 때도 이전에는 분노를 주체 못 해 앞뒤 사정 없이 열거했다면, 이제는 냉정하게 그 이야기를 꺼내고 당사자를 인간이 아닌 물건으로 취급해 버린다.

"쯧쯧. 불쌍한 인생. 걔는 평생 그렇게 살 테지. 상종 안 할래."

악마가 돼버린 걸까. 험담하지 않기란 애초에 무리였고, 심신을 지키기 위한 미워하기 기술이라도 생긴 걸까. 차라리 나를 갉아먹으며 욕하던 그때가 순수의 시대였을까.

누군가를 미워하지 않고 살기란 힘들다. 거의 모든 사람이 누군가를 험담한다(아니라면 죄송합니다). 내 옆자리, 뒷자리, 앞자리에 앉아 웃어주던 선후배가 내 험담을 하기도 한다. 알다시피 세상에 비밀은 없기에 내 험담을 전해 듣기도 한다. 그 사실에 '녹다운'이 되었다가도 모르는 척 그와 대화를 나누고 직장 생활을 이어간다. 그러면서 속으로는 그와의 모든 기억을 얼려 부숴버린다. 내 잘못을 되짚거나 그가 왜 그런 험담을 했는지 고민하지 않는다. 그 과정이 괴롭기 때문이다. 차라리 그의 험담을 하며 되돌려 주기도 한다. 안다. 내가 한 험담도 상대에게 들키고, 그렇게 우리의 직장 생활은 더 사이코패스 같아진다. 앞에서는 웃고 뒤에서 욕하는 그런 관계들 말이다.

하나는 분명하다. 프로미워러란 애초에 불가능했다. 나는 사회생활 만렙 직장인처럼 굴고 있지만, 이런 험담과 미움들이 어딘가에서 나를 갉아 먹고 있다. 딱히 꼬집을 수 없지만 왠지 꺼림칙한 인간으로 변해가고 있을지도. 어제보다 나은 사람이 되고 싶은데, 이대로는 절대 될 수 없을 것 같다. 그저 오래 잊고 지낸 결심인 '험담하지 않기'를 복기하는 수밖에.

자기야

　인기 드라마 〈SKY 캐슬〉의 명대사 "아갈머리를 확 찢어버릴라"보다 내 귀에 덜그럭대는 대사는 "자기야"였다. 극 중에서 곽미향은 진진희를 '자기야'라고 부른다. '진희 씨' 혹은 '수한 엄마'도 있는데 말이다. '자기'는 부부 관계에서 '여보' 다음으로 많이 쓰는 호칭이다(국립국어원 2017년 설문 조사). 〈SKY 캐슬〉에선 곽미향이 품위를 잃지 않으면서 서열은 정리하고, 동시에 친근함도 보여주려 선택한 호칭이라고 볼 수 있다.

　나도 일하면서 종종 '자기야'를 듣는다. 경력이나 나이가 나보다 한참 위지만 협업을 하는 동등한 관계일 경우, 그 연장자는 나를 '기자님'이라 부르기엔 입이 떨어지지 않고 '나랑 씨'라고 하기엔 내가 기분 나빠할 거 같은지, 호칭을 아예 생략하거나 '자기야'라고 부른다. 자신의 입지는 살리면서 '갑분싸'를 예방하는 호칭인 셈이다.

호칭은 계급장이다. 차라리 나이로 나뉘는 호칭이 순수하다. 돈이 많건 적건, 지위가 높건 낮건 모두 한 살씩 먹으니까. 그러나 사회에서는 계급이나 서열에 따른 호칭이 나이를 앞서곤 한다. 겉으로는 계급 없는 민주 사회지만, 현실에서 은밀하게 정해지는 서열과 갑질 문화 때문에 호칭은 다변화되고 있다.

호칭 중에는 의미가 변했거나 상황에 따라 뉘앙스가 달라지는 어벤저스가 있다. 씨, 님, 선생님, 여사님. 이 중에서 세력을 잃어가는 호칭은 '씨'다. '씨'는 이름에 붙어 그 사람을 높이거나 대접하여 이르는 말이지만, 존칭보다는 수평적 관계의 호칭으로 인식되기 시작했으며 하대한다는 오해도 받는다. 예를 들어, 내가 편집장님께 신광호 씨라고 부른다면… 상상하지 않겠다. 한번은 어떤 고등학생이 나를 "나랑 씨"라고 부른 적이 있는데 '뭐 이런 자유로운 영혼이?' 하며 기분이 나빴다. 엄연한 존칭인데도 말이다(그렇다. 내가 꼰대다).

'씨'의 위치가 확실히 변하긴 했다. 《한겨레》는 문재인 대통령의 부인인 김정숙 여사를 보도하며 '김정숙 씨'라고 표기해 독자 항의를 받았다. 신문사는 "'씨'는 사전적 의미와 달리 점차 존칭이 아닌 것으로 여겨지는 추세임을 인정한다"며 여사로 정정했다.

'씨'의 자리는 점차 '님'이 차지해 가고 있다. 요즘 공공기관, 카페, 학원, 병원 등 불특정 타인과 교류하는 공간에선 ○○ 씨가 아니라 ○○님이라 호칭한다. 경찰서에서 조서를 쓸 때나 '씨'를 붙일 정도다. '님'은 1990년대 초반 컴퓨터 통신이 싹트던 시절, 네티즌끼리 예의는 지키되 복잡한 호칭 문제를 해결하기 위해 통용한 호칭이 오프라인까지 퍼진 것이다. '아메리카노 나오셨습니다'는 점차 사라지고 있지만, 인간에게는 더욱 공손하게 존대한다. 극존칭이 느는 이유는 다들 예민하기 때문이다. '님'이라는 호칭은 존중의 뜻보다는 어떤 꼬투리도 잡히지 않겠다, 건드리지 않겠다, 피해 보고 싶지 않다는 기저가 느껴지곤 한다. '나랑 씨'는 기분 나쁘고, '나랑 님'은 괜찮은 사람이 많으니까. 기대하는 호칭과 현실이 다를 때 지위가 도

전받는다고 느끼는 이들이 늘고 있다.

'선생님'도 그 덕에 부상한 호칭이다. 리얼리티 프로그램에서 연예인이 시민을 만나면, 거의 백 프로 '선생님'이라 부른다. 뭐 하나 꼬투리 잡히고 싶지 않은 연예인의 가시방석이 빚어낸 선생님 풍년이다. 한때 일을 함께한 방송국의 K 피디는 나를 "선생님"이라 부른다. 그는 나보다 다섯 살이 많다. 왜 그러느냐고 묻자, "에디터 님은 영어와 한글 조합에 네 글자라 입에 안 붙고, 나랑 씨는 뭔가 하대하는 느낌"이라고 했다. 그는 이렇게 덧붙였다.

"방송국 내에선 선배, 형, 누나 등 살가운 호칭을 쓰지만, 직업 특성상 애매하게 접촉하는 수많은 타인을 부를 호칭이 절실해요. 선생님이 친밀감은 덜해도 상대에게 존중을 표할 호칭이잖아요. 사실 방어기제로 쓰기도 해요. 자칫 잘못 불렀다가 상대가 기분이 상할 수 있고 관계가 나빠질 수 있잖아요. 아예 처음부터 극존칭을 쓰는 거죠."

삐끗하면 초토화되는 예민한 세상에서 '선생님'은 방어기제다.

'여사님'도 씁쓸하다. 흔히 식당이나 마트 등에서 일하는 중년의 여성 노동자에게 '여사님'이라 부르곤 한다. 이는 상대를 몹시 존중하는 듯 보이나, 특정 직함이 없고 이름을 부르며 관계 맺을 이유가 없는 여성을 겉으로만 치켜세워 부르는 위선이 되곤 한다. 책『나는 이렇게 불리는 것이 불편합니다』는 영화 〈카트〉를 예로 든다. 남자 직원인 관리자는 생계를 위협받는 여성 노동자의 농성은 무시하면서도 그들을 '여사님'이라 부른다. 이는 "마음에도 없는 존칭으로 현실의 참혹함을 가리려는 화장술에 지나지 않는다". 나는 《보그》 아트 디렉터에게 '홍 여사님'이라 하지 않는다. 그녀에게는 부장님 혹은 팀장님이라는 뚜렷한 직함이 있기 때문이다.

　호칭이 계급을 무너뜨리려 노력하는 사례도 있다. 대학에선 '씨'가 되려 부상 중이다. 선배, 후배, 언니, 오빠 대신 서로를 ○○ 씨라 부른다는 기사를 봤다. 학번에 따른 위계질서보다 수평적 관계를 중요시 하기 때문이라는 분석이다.
　"그 분석까진 오버고요." 대학생 J가 말했다. "어쨌든 계속 얼굴 보는 같은 과가 아니면 거의 ○○ 씨로 부르긴 해요. 특정 호칭을 붙이려면 상대의 나이나 학번을 알아야 하고, 대화가 길어지면 굳이 관계를 맺어야 하죠. 나보다 나이는 많아도 학번은 아래네, 빠른 연생인데 어쩌지, 하는 시뮬레이션도 귀찮아요. 무엇보다 억지로 위아래를 만들고 싶지도 않고요."

최근 회사에서는 수평적 문화를 위해 직함 대신 '○○ 님'을 쓰는 유행이 일었다(도저히 '씨'까지는 갈 수 없었나 보다). 한 콘텐츠 제작사는 영어와 별명을 합쳐 부른다. 예로들어 홍길동 대표는 마디(마크+대디), 아무개 과장은 루티(루시+아티스트)다. 호칭을 이렇게 쓰는 이유는 간단했다.

"아무나 다 사장님, 회장님, 부장님, 팀장님…. 벼슬을 못해 죽은 귀신이 붙은 민족인지. 이름 석 자도 외우기 복잡한데, 뒤에다 갖다 붙이는 건 가관이라서."

호칭은 점점 더 관계 및 서열의 표식이 되고, 또 다변화되며 애매하고 찜찜한 상황을 만들어 낼 거다. 그래서 나는 어떤 호칭을 선호하느냐고? 서열을 가르지 않고 존중하면서 평등한 호칭 뭐 없나? 씨, 님, 선생님, 여사님의 본뜻이 그러한데…. 그냥 당분간 호칭을 자제하겠다. 누군가를 특정 호칭으로 부르는 순간, 너무 많은 것이 규정되니까. 아, 그전에 호칭으로 대접받으려는 내 버릇부터 고치고.

제주시 디지털구 노마드동

지역이나 장소에 구애받지 않으며 원격으로 일하는 방식과 그렇게 일하는 사람을 디지털 노마드라 한다. 철 지난 유행처럼 들리기도 하지만 여전히 많은 이가 꿈꾼다. '노마드'는 유목민을 가리키는 라틴어다. 풀이 자라는 곳을 찾아 이동하던 유목민이 21세기에는 말 대신 디지털을 타고 이동한다. 1995년, 프랑스의 경제학자 자크 아탈리는 책 『21세기의 승자』에서 사람들이 시간적, 공간적 제약으로부터 자유로울 수 있는 디지털 시스템 안에서 정착을 거부하고 유목민으로 변모해 간다고 했다.

몇 년 전에 디지털 노마드를 취재한 일이 있다. 그때나 지금이나 발리는 디지털 노마드의 부락이다. 풍경은 대략 이렇다. 리조트의 차양 아래 사람들이 슬리퍼를 끌고 나오고, 탁자에는 빈탕 맥주, 벽에는 서프보드가 기대져 있다. 라탄 체어에 양반다리를 하고 앉아 노트북을 켜고 지구 반대편에서 발주 들어온 제안서를 마무리한다. 이들은 당연히 원격 근무가 가능한 직업을 가졌으며(주로 프리랜서로 그래픽 디자이너, 게임 개발자, 작가 같은 부류), 감당할 만큼의 일만 한다(양반다리가 저리지 않을 정도). 아무리 그래도 저런 자세로 노트북을 얼마나 할 수 있지? 발리에서 원격으로 할 수 있는 일이 몇이나 될까? 나, 부러워서 이럴까…. 블로거 얀 지라드는 '디지털 노마드라는 거짓말'에 이렇게 썼다. "모래 해변에서 노트북을 펼치는 것 자체가 이해되지 않습니다. 노트북이 고장 나니까요."

　　디지털 노마드 신봉자들은 이렇게 말한다. 길 위에 버리는 출퇴근 시간, 억지로 맺어야 하는 회사 내 인간관계, 배를 채우는 데 의의를 두는 점심, 내가 아니라 회사 의지대로 돌아가는 업무 시스템… 이것들에서 해방되어, 원하는 공간에서 시간의 주인이 되어 일하는 꿈을 실현하는 거라고. 정말 그럴까? 한번 실험해 보고 싶었다. 관련 기사를 쓰고 싶다며 회사에 3주간의 디지털 노마드를 요청했다(요청이 받아들여질 줄이야!).

어디로 갈까? 시차 때문에 미주, 유럽은 제외다. 새벽에 가수면 상태로 일하고 싶지 않으니까. 동남아시아는 너무 덥고. 결국, 아름다운 자연에 적당히 고립되면서도 출장이 용이한 제주도를 선택했다. 연세(일 년에 내는 세)가 50만 원이던 시절부터 꿈꾸던 제주살이를 드디어 해보는구나. 에어비앤비나 렌트는 원하지 않았다. 살림을 하지 않아도 되는 호텔이 좋았다.

'워라밸'을 지향한다는 이 호텔은 별도 비용을 내면 객실 외에 사무실도 이용할 수 있었다. 가격도 웬만한 에어비앤비보다 저렴했다. 사무실 책상에는 컴퓨터, 프린터, 커피 머신까지 있었다. 객실에는 냉장고, 싱크대, 세탁기, 전자레인지가 있어 간단한 의식주를 해결할 수 있었다. 무인양품의 아트 디렉터 하라 켄야를 인터뷰했을 때 들었던 말이 떠올랐다.

"제 꿈은 호텔을 짓는 거예요. 일과 휴식을 결합한 호텔이 트렌드가 될 겁니다. 세계를 돌아다니며 일하는 저 한 사람뿐 아니라 많은 현대인에게 필요하죠."

지금은 호텔이 곧 휴식의 개념으로 다가오지만, 시공간의 분리가 무의미해진 것처럼 일과 휴식을 결합한 호텔이 늘어날 거라 예상했다.

3주의 디지털 노마드 기간 동안 서울에 두 번 갔다. 대면이 필수인 인터뷰가 있어서다. 인터뷰 후에는 바로 제주로 내려왔다. 제주에서는 아침 아홉 시부터 저녁 여섯 시의 업무 시간을 준수하려 애썼다. 프리랜서 시절에도 남들의 출근 시간에 맞춰 노트북을 들고 카페에 갔고, 저녁 여섯 시에 자체 퇴근했다. 시간을 정하지 않으면 일하는 것도 노는 것도 아니게 되기 때문이다.

그런데 복병이 있었다. 제주가 몹시 아름답다는 거다. 그 아름다운 곳에서 일만 할 수 없었다. 올레를 걷고, 파도를 타고, 항구에서 취하고도 싶었다. 그래서 더 '가열 차게' 일을… 하면 좋았겠으나, 쉽지 않았다. 매일 조식을 먹으며 내적 갈등에 시달렸다. 오늘 중문에 서핑을 하러 가느냐, 사무실에서 기사를 쓰느냐. 보통 전자가 이겼다.

색달 해변에서 서핑을 하다 말고 업체의 전화를 받았다.

"이거 파도 소리인가요?" 업체 직원이 물었다.

나는 "아뇨, 그냥 외근 중이에요."라고 답하며 내용을 메일로 보내 달라고 했다. 파도에 보드가 밀려 나올 때마다(서핑을 잘 못 한다) 백사장에서 업무 카톡을 확인했다. 노는 것도 일하는 것도 아니었다. 디지털 노마드는 규칙이 중요하다. 일하는 시간과 휴식 시간을 분리하고 규칙적으로 생활해야 한다.

이도 저도 아닌 지 이 주가 지나서야 나는 일하는 시간에 더욱 엄격해지기로 했다. 저녁에 맘 편히 놀자고. 외출만 삼가면 업무는 저녁 전에 마무리되곤 했다. 자잘하게 허비하는 시간이 없어서다. 예를 들면 가로수길에서의 미팅 겸 점심 식사, 탕비실에서 만난 동료와의 티 타임 같은 것들. 그렇게 가열차게 일을 마친 저녁, 올레 시장에서 군 것질을 하고 쇠잔해진 서귀포항을 산책했다.

디지털 노마드는 마음 근육이 필요하다. 고향 친구는 서울에 올라올 때면 근육을 재정비한다고 했다.

"지하철 환승할 때 서울 사람들의 거침없는 속도에 당황하지 않게 마음 근육을 꺼내."

마찬가지로 아름다운 제주에서 디지털 노마드를 하려면, 일할 때 '서울 근육'을 꺼내야 한다. 종종 느슨해지는 마음은 저녁에 제주 바다에 갈 수 있다며 다잡았다.

비슷한 시기에 한 선배가 제주에 왔다. 여섯 살 아들과 부모님도 동행했다. '과연 가족과 함께 디지털 노마드가 가능한가' 하는 도전을 위해서였다(회사의 배려. 실화다). 그는 일단 호텔에서 지냄으로써 집안일, 특히 청소에서 해방돼 행복해했다. 밖에서 돌아와 문을 열면 마법처럼 정리된 침대 시트! "출근하고 올게요"라고 8층 객실에서 2층 스마트 오피스로 이동하면, 가족은 선배를 찾지 않았다. 그들은 관광하러 나갔으니까. 다만 선배는 제주의 느긋한 공기에서 서울의 복잡한 일을 처리할 땐 힘들어했다.

"일이 발생하면 타격이 커. 서울의 사무실이라면 금방 대처할 일도 제주에선 뭔가 더 속상해지거든."

나는 반대였다. 남원포구의 한치 건조장을 지날 때 업체의 컴플레인 전화를 받았다. 태양이 한치를 청순하게 비추지 않았더라면, 나는 전화기에 대고 소리를 질렀을지 모른다. 하지만 풍경이 아름다운 덕에 수화기 너머의 중생이 안쓰럽게 느껴졌다. 지금 한치 철인데, 이 사람은 그것도 모르겠지.

디지털 노마드의 규칙과 이점들을 줄줄 써 내려갔지만,

과연 언제 다시 해볼까 모르겠다. 누군가 이 귀한 기회를

얻는다면, (질투 나지만) 응원합니다.

~~~~~~~
두 번째 인생을 고민할 때

　퇴직하면 뭐 먹고 살아야 하나. 나는 오래 살고 싶은데, 팔십 대까지 산다고 가정하면 앞으로 최소한 삼십 년은 뭐 먹고 살지? 일은 쉰까지 할 수 있고? 솔직히 이삼 년만 더 하고 그만두고 싶은데. 스스로 한 달에 백만 원으로 충분히 살 거라 자부하지만 그 백만 원은 어디서 벌지? 월세는? 순진할 때 든 보험료 30만 원은? 그렇다고 고향에 내려가고 싶진 않다. 고향에 가면 마음은 편안하지만 사흘쯤 지나면 서울의 '내 방'으로 돌아가 쉬고 싶어진다.

　다들 비슷한 고민을 한다. 내 친구는 브랜드 마케터로 일하다가 십 년 전에 그만두고 남편과 함께 식당을 차렸다. 지금은 식당 세 개를 운영한다.

"아이 둘을 키우는데, 오빠랑 나랑 직장 다녀서는 힘들겠더라고."

그들은 아이들이 성인이 되면 발리에 가서 식당을 할 거라고 했다. 마음 맞는 부부 관계도, 구체적으로 설계된 미래도 부럽다. 나는 어떻게 살아야 하나. 직장 생활을 얼마나 더 할 수 있을까? 마흔을 앞두니 이런 생각들로 '현타'가 온다. 대학생 때 '취직은 어쩌지' 하며 침대에서 눈물 흘리던 때가 엊그제 같은데…. 솔직히, 아주 솔직히 말하면 결혼을 변수로 두기도 했다. 그래, 결혼하면 뭐든 방법이 생기겠지, 남편이랑 그때 상의해 봐야지, 하던 시기도 있었다. 별 그지 같은 생각이다.

진지하게 고민할 때다. 잡지 에디터는 수명이 짧은 편이다. 육십 대인 편집장님도 계시지만, 한 손에 꼽는다. 편집장이 되고 싶은 욕심도 없다. 내가 해야 속 편하지, 남을 관리하는 자리는 (누가 시켜주지도 않겠지만) 미리 거절한다. 편집장 아래 각 파트(패션, 뷰티, 피처)별로 디렉터를 두고 팀이 꾸려지는데, 나는 피처팀 디렉터일 때도 방관적인 태도로 일했다. '다들 성인이니 알아서 잘 할 테지' 하는 마음과, 에디터는 독립적인 직종이기에 그의 스타일을 존중해 주고 싶어서였다. 하지만 역시나 마음에 들지 않는 결과물을 보면 속이 탔고, 그럴 땐 디렉터로서 방향을 잡아줘야 하는데 그러지도 못했다. 즉, 나는 섬 같은 독립 개체형 인간이다.

그럼 편집장을 하지 않고 에디터로서 얼마나 더 일할 수 있을까? 지금 회사는 정년을 보장하고 있지만 그 정년을 다 채우고 나간 기자는 한 명도 없다. 회사가 싫어서도 나가고, 다른 일이 하고 싶어서도 나간다. 다행히도 그들은 참으로 다양한 직종으로 뻗어 나간다.

선배들이 다 어디로 갔나 살펴봤다(선배뿐 아니라 다른 분야로 전업한 후배들도 많다). A는 영화 평론가가 됐다. 즉, 프리랜서가 됐다. B는 콘텐츠 관련 스타트업 회사를 차렸다. 기업체의 콘텐츠를 만들어 주는 일을 수주한다. 뷰티 에디터 C는 회사를 차려 브랜드의 홍보 영상이나 광고 이미지를 제작한다. 지면 광고뿐 아니라 SNS 콘텐츠도 늘면서 돈을 많이 벌지만 무조건 부러워하긴 좀 그렇다. 잡지사에 다닐 때보다 더 만나기 힘들어진 C는 이렇게 말했다.

"나랑아, 나는 한때 가슴에 휴대폰을 안고 잤어. 클라이언트 전화를 놓치지 않으려고."

 D는 에디터 때도 예술 분야를 집중적으로 다루더니 갤러리로 이직했다. E는 연예인 스타일리스트를 하다가 패션 회사로 이직했다. F는 영화 스트리밍 서비스 회사로 이직했다. G는 컨텐츠 팀을 꾸리기 시작한 대기업으로 이직했다. 이전에 기업체로의 이직은 홍보나 마케팅 부서가 많았는데, 콘텐츠의 시대라 그런지 새로운 수요가 발생 중이다. 그렇지만 개중에는 기업 문화가 맞지 않아 돌아온 에디터도 많다.

 H는 플로리스트 과정을 수료해 꽃집을 차리고 웨딩이나 광고 촬영에 꽃 스타일링을 한다. I는 결혼을 하면서 회사를 그만두고 구례에서 한옥 게스트하우스를 운영한다. 그 외에 행방을 모르는 분도 많다.

 나도 회사를 그만둔 적이 있다. 그때는 프리랜스 칼럼니스트로 일했다. 말이 그렇지, 반백수였다. 그때 알았다. 나오면 춥구나. 퇴직 후에도 칼럼니스트 같은 것은 하지 않을 생각이다. 나처럼 특정 분야의 전문성이 없는 에디터에게 칼럼니스트는 말 그대로 '닥치는 대로' 뭐든 써내야 한다. '그 사람이 아니면 안 돼'가 아니라, 뭐든 중간 정도로 쳐내는 '생계형 칼럼니스트'는 모양새도 보수도 아쉽다. 특히 나 같은 은둔자에게 일을 주는 사람도 드물었다.

그러면 대체 뭘 해야 할까? 앞서 언급한 선배들처럼 어딘가로 이직을 해야 할까 고민하는 나에게 누군가 이런 말을 했다.

"그것도 마흔까지다. 마흔 넘으면 어디에서 데려가기 부담스러워."

이 무슨 차별적 발언인가 싶지만, 세상은 언제나 차별적이었기에 불안해진다. 내 나이 서른아홉. 남은 이직의 시간은 일 년인 건가. 한때는 손기술을 배워볼까도 했다. 사십 대의 헤어 선생님에게 물었다.

"저 이제라도 헤어를 배워보면 어떨까요. 재미있을 것 같은데요."

"나랑, 나는 말이야. 나중에 염색방이나 하고 싶어. 그거라도 차리면 다행이지. 이걸로 얼마나 더 먹고 살겠어."

역시 다 각자의 고민이 있다. 쉽게 생각해서 죄송했다. 이런 단편소설을 읽은 적이 있다. 수년 동안 죽어라 일하고 아껴서 1억을 모은 여자가 있다. 그때부터 일을 그만두고 집과 도서관만 오가며 최소한의 생활을 한다. 반찬은 한 가지만, 옷은 사지 않으며, 돈 드는 여가 생활은 하지 않는다. 그 여자는 아주 행복해한다. 그리고 1억을 다 쓰자 죽어버린다. 나는 이 여자의 삶도 존중하지만 그렇게 살 자신은 없다. 친구도 만나고 싶고 술도 마시고 싶고 여행도 가고 싶다.

생각해 보니, 이직에 성공한 선후배 동료들은 참으로 능력이 좋다. 나는 잡지와의 긴 연애가 끝나면 어떻게 살아야 할까? 두 번째 인생은 대체 어떻게 먹고 살아야 할까? 앞으로 인터뷰할 때 "십 년 뒤 자신의 모습이 어떨 거 같나요?" 같은 질문은 하지 말아야겠다. 그것 때문에 얼마나 심란하겠어….

2장.

조금 불안하고 궁상맞아도
혼자의 힘을 믿어봐요

서른다섯의 자전거 첫 경험

어렸을 때 부모님께서는 위험하다고 자전거를 타지 못하게 하셨다. 중학교에서 신문 배달 아르바이트가 유행했는데, 친구가 자전거를 타고 신문을 돌리다 도랑에 빠진 일이 있었다. 다칠 수도 있구나 싶으면서도 친구가 부러웠다.

스무 살이 되어서는 남자친구에게 자전거를 가르쳐 달랬다. 한강에서 자전거를 대여해서 배웠는데 계속 넘어지기만 했다. 자전거는 언제든 배울 수 있다고 생각했고, 새로운 남자친구를 사귀면 또 자전거를 가르쳐 달라고 했다. 그러나, 모두 나를 가르치는 데 실패했다. 이렇게까지 못 탈 일인가? 웃긴다. 아니, 왜 꼭 남자친구한테 가르쳐

달라고 하는데?

서른다섯, 수술 후 퇴원하고 처음 한 일은 자전거 과외 신청이었다. 구청에도 자전거 교실이 있는데, 당시는 겨울이라 그랬는지 때맞춰 열리는 강습이 없었다. 결국엔 20만 원에 나흘간 매일 두 시간씩 자전거를 가르쳐 주는 개인 선생님을 찾았다. 블로그를 보니 '자전거는 아무나 가르치는 게 아니며 자전거를 타지 못한 노인분도 모두 성공시켰다'는 소개가 있었다. 자전거 옆에 서서 활짝 웃고 있는 노부부의 사진과 함께. 나만 자전거를 못 타지 않는구나, 위로가 됐다. 성인이 되어도 자전거를 못 타는 사람은 많고, 그들도 나처럼 간절해 돈을 내고 과외를 신청한 것이다.

잠실종합운동장에서 자전거 수업이 시작됐다. 선생님께서 자전거 두 대와 장갑을 준비해 오셨다. 배운지 세 시간 만에 나는 혼자 자전거를 탔다. 충격. 세 시간 만에 배울 수 있는데, 지난 세월 동안 뭘 한 거지? 전문가의 가르침 덕도 있지만 내게도 문제가 있지 않았을까 싶었다.

당시 나는 아픈 몸을 회복하는 중이었다. 가족은 고향에 있고, 자취방에서 병원을 혼자 오갔다. 직장도 그만둔

터라 말 한마디 안 한 날도 있었다. 외롭다가도 한편으론 조용히 조곤조곤 살아가고 싶었다. 월세와 최소한의 식비만 벌면서 욕심 없이, 타인에게 바라지 않고 상처도 주지 않으면서, 괜찮은 혼자가 되고 싶었다. 세 시간 만의 자전거 타기는, 그 혼자의 힘 덕분이었다.

종종 자전거를 탄다. 잘은 못 타서, 오늘도 따릉이를 빌려서 집에서 도보 한 시간 거리의 카페를 오십 분 만에 왔다. 사람이나 차가 많은 거리는 자전거에서 내려 걸었다. 따릉이 6개월 권을 끊었다. 계속 타다 보면 도보 한 시간 거리를 자전거로 이십 분 만에 올 수도 있겠지. 욕심은 없다. 자전거를 탈 수 있는 지금에도 만족한다.

자전거를 못 탔다면 불가능했을 추억도 생겼다. 지난 하와이 여행의 마지막 날, 이름 모를 남자와 자전거를 탔다. 밤의 해변을 가로질러 카페를 찾아가 함께 오픈 시간을 기다렸다. 그와는 연락이 끊겼지만, 오래도록 잊지 않을 자전거의 밤이었다.

운전은 여전히 하지 못한다. 면허를 따려고 해봤지만, 도로주행 시험에서 떨어졌다. 직진으로 간다고 생각하는

데 차선을 계속 비껴갔다. 재등록은 하지 않았다. 운전면
허학원 선생에게 성추행도 당해 다시는 가고 싶지 않았다
(그는 장갑을 벗고 내 손을 잡은 채로 운전을 가르쳤다). 솔
직히 고백하자면, 남자친구에게 운전을 배우고 싶었다.
좋아하는 영화 〈봄날은 간다〉에서 유지태가 이영애에게
운전을 가르쳐주는 장면에 로망이 있었다. 이제는 아니
다. 자동차가 겁나지만, 용기 내서 운전을 배울 거다. 변
태 선생을 만나면 바로 고소해 버리면 된다.

　나는 충분히 강한 혼자다. 자전거를 타고 바람에 머리
칼이 날리는 꿈을 실현했듯, 원하는 풍경에 차를 세우는
여행도 할 것이다. 누가 보면 비웃을 스케일이지만, 내게
는 인생의 목표 중 하나다. 사람마다 로망은 다르잖아요?

엄마, 같이 걷자

작가 김탁환의 책 『엄마의 골목』은 그가 고향 진해를 엄마와 봄, 여름, 가을, 겨울 동안 걸으며 쓴 에세이다. 친구는 그 책을 읽으며 울었다고 했다. 기획 회의에서는 날도 좋으니 모녀가 함께 걷고 그걸 써보라는 이야기가 나왔다. "제가 가족 알레르기가 있어요"라며 몇 번 거절했다. 그렇게 미루고 미루다가, 기사 배당을 받은 지 삼 주 뒤에야 엄마가 있는 시골집으로 내려갔다. 전날 밤새 술을 먹고 좀비가 되어 고속버스에 올랐다. 창문으로는 재개발 중인 시골 풍경이 이어졌다. 도청 이주를 기념해 지은 아파트는 분양되지 않아 유령의 집 같았고, 농사를 짓지 못한 황무지가 둘러싸고 있었다. 터미널에서 엄마를 기다리며 이런저런 생각을 떠올렸다.

여성주의 저널 《일다》에서 주최한 인터뷰 강의 첫날, 수강생들이 자기소개 겸 인터뷰 기술을 배우려는 이유를 말하는 시간이었다. 자신을 페미니스트로 소개한 한 삼십 대는 엄마를 인터뷰하고 싶어서 왔다고 했다.

"저를 이해하려면 엄마부터 알아야 할 것 같아요. 그런데 어디서부터 얘기를 꺼내야 할지 모르겠어요."

인터뷰를 통해 만났던 소설가 최은영도 "이런 '헬조선'에서 어떻게 살아냈을지 궁금해요"라며, 언젠가 엄마에 대해 쓰고 싶다고 했다. 김탁환도 "오래전부터 엄마에 대해 쓰고 싶었기에" 엄마와 고향을 걷기 시작했다. 다들 엄마, 엄마 한다.

내가 엄마와 진지한 이야기를 나눈 건 단 한 번이었다. 회사를 그만둘 정도로 중대한 개인사가 있었는데, 그때 엄마가 서울 자취방으로 찾아왔다. 스무 살에 서울로 상경한 뒤 가족의 방문은 처음이었다. 십이 년 만이었나. 우리 가족은 좋게 말하면 시크하다. 동생이 군대갔을 때 면회 한번 가지 않았고, 동생도 섭섭해하지 않았다. 엄마가 입원했을 때와 내가 입원했을 때, 서로 병실은 하루만 지

컸다. 그런 우리가, 방에 나란히 누워 이야기를 시작했다. 내일 할 일이나 저녁 메뉴 같은, 전화로 해도 될 이야기들. 그러다 엄마가 불쑥 내 나이 때 자신은 어땠는지 이야기하기 시작했다. 가족 외의 주제로 우리가 대화한 것은 처음이었다(내용은 엄마의 인생이니 밝힐 수 없다). 그렇다고 대단한 일은 아니어서, 왜 그 이야기를 꺼내는지 당시에는 이해하기 어려웠다. 아마도 여자의 일생에 일어날 법한 일들, 선택에 따라 주어진 결과들을 받아들이다 보니 그렇게 세월이 갔다는 뜻이었던 것 같다. 그날 밤 이후로 다시 그런 대화는 없었다.

예순이 된 엄마와 새삼스럽게 어디를 걸을지 몰랐다. 얘깃거리는 그때 서울 방에서나 지금이나 딱히 없었다. 엄마는 시집가란 소리도 하지 않는다. 나 역시 "엄마, 같이 걷자"라고 말할 딸이 아니다. 다행히 야밤에 운동하러 나가는 딸을 엄마는 따라나섰다. 엄마의 유일한 잔소리는 "살 좀 빼라"니까. 그러고 보니 운동이란 목적으로는 둘이 꽤 자주 걸었던 것 같다.

집 뒤편의 폐업한 농협은 청소년 센터가 되어 책과 농

구대가 들어서 있었다.

"내가 자랄 때도 저런 게 있었음 좋았을 텐데."

도서관에 책을 빌리려고 하루에 열 대만 운행하는 버스를 한 시간 동안 타고 다니던 때를 떠올리며 내가 말했다. 엄마는 "운동하기 좋은 마당이네"라고 딴소리를 했다. 뒤이어 TV에서 본 걷기 운동법에 대해 말했다. 계단을 운동되게 올라가려면 팔은 바람을 가르듯이 휘휘 저어야 한다는 식의 정보들. 김탁환의 에세이에서처럼 "하모니카 구멍 하나하나가 내가 다닌 진해의 골목 하나하나와 비슷한 것 같아" 같은 멋진 말은 나오지 않았다. 진해처럼 벚꽃도 피지 않았다. 동사무소에서 가성비 좋게 심은 사철 푸른 나무와, 마을 전체에 도시가스가 들어오면서 헤집어 놓은 콘크리트가 있었을 뿐. 대화는 점차 줄어들었다. 이런 딸을 낳아서 엄마도 꽤 섭섭하겠지.

몇 년 전에 태원준이라는 여행작가를 인터뷰한 적이 있다. 엄마와 함께 세계 일주를 하고 돌아와 책을 낸 터였다. "엄마는 살면서 처음으로 내일이 궁금해져"라고 하셨다는 말에 울컥했다. 그는 엄마와 세 번 더 여행을 떠났고 그때 나도 엄마와의 여행을 계획했다. 당시만 해도 엄마는 부르면 아픈 이름이었다. 〈엄마는 오십에 바다를 발견했다〉라는 연극을 보다가 내가 너무 울어서, 무대에 선 배우가 눈길을 줄 정도였다. '꼭 나를 이해해 줄 딸을 낳아야지'라고 생각했다. 이젠 가족을 소재로 한 무엇도 보기 싫다. 지겹고 고루하고 짜증까지 난다. 왜 변했을까?

나는 소개팅도 잘 하지 못한다. 어느 순간 상대를 클라이언트처럼 대한다. 최소한으로 예의를 지키고, 최대한으로 웃어 보일 사람. 이 사람에게 호감이 있는지 없는지 스스로도 헷갈린다. 한번은 힘들어하는 친구에게 적당한 말을 골라 카톡 하는 나를 보며 괴물이 되어가는 걸까, 싶었다. 지금은 대상화 사회다. 인간을 대상화하지 않으면 생존이 어렵다. 직장에서 인간은 '업무를 행하는 대상'이다. 서로 불필요한 감정을 소모하지 않고 일 처리의 대상으로 대한다. 갑자기 사라진다 해도 포스트잇 떨어지듯 깔끔한 관계. 젊은 날에 일희일비하던 인간관계의 어려움도, 이제는 화르르 불타올랐다가도 금세 가라앉는다. 조금의 감정 소모도 아깝기 때문이다. 이러한 대상화는 인간으로 누릴 수 있는 특권인 기쁨, 희열, 위로 같은 감정을 삭제한다.

이는 내게 가장 어려운 가족 관계에도 영향을 미쳤을

것이다. 감정은 거세되고 가족이라는 '대상'만 남는다. 환갑을 맞으시면 유럽 패키지여행을 보내드리면 되고, 명절에는 고향 집에 내려가면 된다. 최소한의 도리를 행하고, 서로 어두운 마음의 방은 열지 않는다. 엄마를 서울 자취방으로 올라오게 만든 사건 이후로, 더 심해진 듯하다.

엄마가 이 글을 읽으면 슬플 거 같다. 《보그》에 다니는 내게 "너도 신문사 입사 시험을 치지 그러니"라고 말하시는 부모님이 보실 리 없지만 말이다. 분명 나는 엄마를 가장 존경한다. 엄마만큼 살아낼 자신이 없을 만큼 존경한다. 내가 괴물이 되는 것을 멈추고 함께 벚꽃처럼 예쁜 길을 걷고 싶다.

쿨 그래니

'쿨 그래니'의 시대다. 몇 년 전, 패션계는 할머니의 옷장에서 꺼내 입은 듯한 '그래니 룩'이 열풍이었다. 뜨개질한 듯한 조끼, 개화기 혼수였을 것 같은 빛바랜 목걸이…. 스타일리시한 할머니들이 인스타그램에도 등장했다. 패션계에서 영향력 있는 사람만 차지한다는 프런트 로(패션쇼의 맨 앞줄)에는 100세의 패션 아이콘 아이리스 아펠이 나타났다. 84세 배우 제인 폰다는 《보그》의 커버 모델이 됐다. 87세 미국 작가 존 디디온은 선글라스를 쓰고 미간을 찌푸린 채 셀린 광고에 등장했다. 할머니라고 인자하게 웃을 필요 없잖아?

"인자함 따위 집어치워"라고 말하는 할머니이자, 2010

년에 72세로 작고한 일본의 그림책 작가 사노 요코를 좋아한다. 『사는 게 뭐라고』『죽는 게 뭐라고』『자식이 뭐라고』 등 '뭐라고 시리즈'로 우리에게 익숙하다. 『사는 게 뭐라고』는 25쇄를 넘게 찍었다. 책의 편집자는 사노 요코의 인기 이유에 대해 "곧 죽을 텐데 우울해서 뭐하냐, 네 멋대로 살아라, 아무도 네게 뭐라고 할 수 없다며 삶을 통쾌하게 바라보기 때문 아닐까요?"라고 했다.

유엔은 100세 시대의 다른 말인 호모 헌드레드(Homo hundred) 시대를 예견했다. 백 살까지 살면 두 번째, 세 번째 노년이 생긴다. 처음으로 나의 노년을 그려봤다. 무서웠다. 로마 시대 철학자 키케로는 노년을 네 개의 두려움이라 했다. 체력의 한계에 대한 두려움, 건강을 잃기 쉽다는 두려움, 육체적 쾌락을 누리기 힘들다는 두려움, 죽음이 코앞에 닥쳐왔다는 두려움. 하지만 『오늘, 난생처음 살아보는 날』이라는 책을 낸 여성학자 박혜란은 〈채널예스〉와의 인터뷰에서 이렇게 얘기한다.

"우리 모두 100세까지 살 거라는 걸 알잖아요. … 노년을 재앙이라고 생각하는 시대를 살고 있지만, 더 길게 인생을 그렸으면 좋겠어요."

유럽연합 연구 통계에서 가장 행복한 노인의 나라는 덴마크다. 74세 이상 여성을 대상으로 행복도를 조사한 결과, 덴마크는 10점 만점에 8.4점이다. 유럽연합 평균은 6.8점. 이유를 파헤치려고 《가디언》 기자가 덴마크 여사님들을 만나러 다녔으나, 실패했다. 연락하면 "지금 섬을 탐험하고 있거든요, 골프 치는 중이니까 다시 전화주세요, 프랑스로 여행 가서 전화 못 받아요"라는 사서함 연결음이 나왔다.

그래! 나도 노년에 오랫동안 휴가를 즐기는 기분으로 못다 한 취미 생활을 시작하는 거야. 75세에 그림을 시작해 120만 달러에 작품을 판 모지스 할머니처럼 될 수도 있지. 시간 많은 청춘이 되는 거야. 그런데… 이런 것도 혹시 젊음에 대한 강박일까? 사노 요코는 이렇게 말한다.

"나이를 이긴다든가 진다든가, 그런 표현에 구역질이 난다. 노인은 노인으로 좋지 않은가?"

사노 요코가 워낙 직선적이니 이해해 주길. 어떤 노년을 보내든 자기 마음이지만, 나도 젊게 산다는 강박 없이 쿨하게 노년을 받아들였으면 좋겠다. 젊은 척도, 인자한 척도 하지 않으면서, 그냥 나대로.

《가디언》은 나이가 든다고 사고방식이 변하지는 않는다고 했다. 자유방임의 분위기가 팽배하고 성 관념에 개방적이던 1960년대에 이십 대를 보낸 지금의 칠십 대들은, 어떤 노년 세대보다도 성병을 많이 앓고 있다면서.

그렇다. 나는 서른아홉이지만 스물아홉과 크게 다르지 않다. 아는 게 조금 늘고 기대가 줄었을 뿐, 여전히 나다. 나이 든다고 성숙해지진 않았지만, 밉상으로 늙지는 말아야지. 필립 로스, 잭 케루악을 발굴하며 75세의 나이로 은퇴한 전설의 편집자 다이애너 애실은 90세에 드디어 책 『어떻게 늙을까』를 냈다. 등 뒤에서 날개 달린 시간의 마차가 서둘러 다가오는 소리를 듣지만, 늙고 죽는 것은 수선 피울 일이 아니라고 한다. 그냥 매 순간을 소중하게 즐기며 자연스럽게 살라고.

그래, 늙는 게 뭐라고.

새파랗게 어린 것이 이런 글을 써 송구합니다.

~~~~~~

저 운동하는 여자예요

구민체육센터에서 수영 강습을 받기 시작했다. 주 3회, 50분 강습에 월 5만 8천 원. 버스로 세 정거장 거리, 회사에 늦지 않을 만한 아침 시간대 수업이었다.

"저기요."

수영 강사가 나를 불렀다.

회원님도 아니고 저기요? 밤샘한 다음 날 아침 일곱 시 수업이었다. 작은 것도 거슬린다. 나란 사람아, 허름해지지 말자. 속으로 다짐한다.

월 3천 원짜리 사물함을 신청하려 했더니, "글쎄요. 자리 안 날 걸요"라는 말이 돌아왔다. 그전에 개인 PT를 받을 때는, 원하는 시간에 원하는 선생님에게 운동을 배웠다. 하지만 시간당 5만 원. 부담스러웠다. 월 5만 원짜리 수영은 저렴한 수업료 대신 시간과 거리 그리고 사물함까지 포기해야 했다.

첫 수업 날, 하나의 레일에 약 스무 명의 회원이 자리했다. 왕초보와 자유형, 배영, 평영이 섞여 있었다. 이 사람들이 어떻게 한 레일에서 같이 배우지? 강사는 태연하게 왕초보를 제외한 모든 사람에게 자유형을 권했다. 그러다 운이 좋으면 코치를 받는 식이었다. 먼저 손 들지 않는 나는 수업받는 일주일 동안 "발차기를 물 밖으로 해보라"라는 조언을 한 번 들었을 뿐이었다. 그러다 하루는 내게 배영을 배울 거라고 했다. 어떻게? 각자의 속도로 수영 중인 (눈치 보느라 그러지도 못하는) 사람 사이로 카트라이더 게임을 하듯 수영했다. 불특정 엉덩이에 부딪힌 횟수 2회, 수영장 벽에 부딪힌 횟수 3회(내가 어디쯤 갔는지 아무도 안 알려줌). 그나마 그날은 강사의 코치 횟수 3회.

그렇게 구민체육센터의 단체 수영 강습에 흥미를 잃어갔다. 탈의실에 '신입 회원들에게 텃세 부리지 마세요'라는 글이 붙을 만큼, 이곳은 장기 회원으로 군림해 온 어머니들을 위한 공간 같았다. 그들은 수강생이 적은 한낮에

어유롭게 수영하고, '내 아이 멋쟁이 만들기' 헤어 교실이나 '나도 바리스타' 커피 교실도 듣겠지. 월 5만 원에 말이다. 나도 한가한 시간에 저렴한 가격으로 운동도 하고 취미 생활도 하고 싶다. 하지만… 직장인 대부분은 일과 몸매 관리를 병행하는 데 어려움을 느낀다. 그렇게 시작한 개인 트레이닝은 가격이 부담스럽더라도 만족스러울 수밖에.

자, 솔직해지자. 시간당 5만 원짜리 PT의 만족감은 단순히 운동 효과 때문일까? 내가 산 한 시간 동안 철저히 나를 위해 움직이는 서비스에 현혹된 건 아닐까? 내가 시간과 주제를 정하고, 언제든 카톡으로 실시간 답을 받을 수 있는….

나는 지난 일 년간 PT를 받았다. 그사이 적금을 한 번 깼고, '피트니스 푸어'로 불렸다. 월급의 3분의 1을 피트니스에 쏟았으니, 뭐 당연하다. 고급 피트니스 클럽에서 찍은 운동 사진을 인스타그램에 올리고, 친구들에게 "나 여기에서 코치 받잖아"라고 말하는 내가 갑자기 별로였다. 이 정도의 돈을 피트니스에 쏟을 수 있다는 허세, 운동하는 나를 알리고 인정받고 싶어 하는 헛된 몸부림. 구질구질하다.

몸도 마음도 건강한, 허세 없는 여자가 되고 싶다며 구민체육센터에 등록한 거였다. 수업 첫날, 페이스북에 글을 올렸다.

"오랜 PT로 운동법은 대충 알기에 때론 단체 수업도 괜찮을 듯!"

피트니스 푸어가 아닌 '허세 없고 합리적이고 실속 있는 괜찮은 사람'으로 보이고 싶어 한 것이다. 의도가 이러하니 역시나, 구민체육센터 운동도 실패. "저기요"에 기분이 나쁜, 케어받는 것에 익숙해진 인간으로 변한 데다, 여전히 보여주기식 운동을 하고 있으니까.

'운동에 대한 사유'가 필요했다. 왜 운동을 하려는가? 내게 알맞은 운동법은 무엇일까? 내 몸, 시간, 경제 상황과 알맞은가? 우선, 운동을 왜 하는지 (허세 쪽 빠진) 이유부터 찾기 시작했다. 1차 답은 이렇다. 인생 길다. 계속 건강하고, 앉을 때마다 바지 정리를 안 하고 싶으며, 보톡스 없이 예쁜 중년이 되고 싶다. 여기에 운동 열심히 하는 멋진 여자로 인정받고 싶은 속내가 자꾸 끼어들지만… 허세

는 제발 그만 떨자고 허벅지를 찔러본다. 지속적으로 '운

동 사유'는 필요하다.

더, 더, 더 잘 쉬어야 해

휴가를 다녀와도 피곤하다. 놀다가 회사에 복귀하면 당연히 피곤하겠지. 그런데 사실 휴가 중에도 피곤했던 것 같다. 휴가 사진 속 나는 즐거워 보인다. 세부 보홀섬의 파란 바다, 집채만 한 고래상어, 뱃살은 좀 빼야 하지만 어떤 각도에선 봐줄 만한 비키니. 페이스북에 어떤 사진을 올릴까 고민하다 관뒀다. 세부는 좀… 그렇잖아?

'힙 터지는' 업계 관계자로부터 "세부요? 패션지답지 않네요"라는 말을 들었는데, 그 말이 또 마음에 걸렸나 보다. 설명을 하자면, 원래 세부는 안중에도 없었다. 두 달 전부터 네덜란드행을 예약했는데, 그 날짜에 중국 출장이 잡힌 거다. 마침 메르스가 번졌고, 중국이 상하이 영화제에 한국 배우를 거부했듯이 내 출장도 당연히 취소됐다. 그렇게 급히 예매한 것이 세부였다.

그럼 이 '힙 터지지 않는' 여행지에서 무엇을 할까? 뭐든 해야 했다. 휴양지인 건 알지만 '아, 그래서 거기 갔구나' 할 명분을 찾고 싶었다. 창피하지만 정말 그랬다. 그래서 찾은 게 스킨스쿠버였다. 세부에서 스킨스쿠버 자격증을 많이 따는 것도 이때 처음 알았다. 그래, 이거야. 세부에 8일이나 머물 거니까, 입문인 오픈워터부터 그다음 단계인 어드밴스까지 따고도 남을 시간이다. 물론 죽거나, 다치거나, 겁먹지만 않는다면. 호기롭게 다이버숍에 전화를 걸었다.

"저, 제가 물고기 공포증이 있는데… 그거 딸 수 있을까요? 오… 오….."

"오픈워터요?"

"네, 그거요."

물고기도 계속 보면 귀엽다고 해서 바로 예약했다. 남들이 왜 세부냐고 물어 오면 오픈워터를 따러 간다고 했다. 그게 뭐냐고 물으면 스킨스쿠버 협회인 PADI까지 들먹이면서 설명했다. 그런데 내가… 바다 수영을 한 적이 있던가?

그때쯤, 올리브 TV에 다니던 한 친구는 런던으로 휴가를 떠났다. 그녀의 스케줄은 맛집 소개 프로그램인 〈테이스티 로드〉 런던판 정도 됐다.

"하루에 여길 다 돌 수 있니?"

다 먹을 수 있냐는 질문은 하지 않았음에도, 그녀는 자신이 워낙 음식을 좋아한다며 문제없다고 했다(그런데, 런던에 먹으러 가기도 하나?). 그녀도 어쩌다 런던을 택한 것처럼 보였는데, 그 와중에 자신의 커리어를 살려 레스토랑 리스트업을 한 거다. 프로그램 아이디어를 뭐든 얻어오려는 욕심이 보였다. 이쯤 되니 '휴가 강박'이란 단어가 떠올랐다. 요즘 강박이란 단어를 많이 쓰니까. 자기계발 강박, SNS 행복 강박, 건강 강박…. 휴가에 강박을 붙여도 무리 없겠다. 나도, 내 주변 사람들도 그렇다. 24시간 열심히 살고도 죄책감을 느끼며 휴가 중에도 뭐든 해내고 싶어 한다. 나처럼 자격증이라도 따거나, 무언가 배우거나, 그게 아니라면 미치도록 잘 놀고 싶어 한다.

몇 년 전, 나는 휴대폰도 꺼놓고 라오스로 일주일간 휴가를 갔다. 회사에 사표 던지는 심정으로, 세상과 단절되어 미친 듯이 쉬고 싶었다. 아침에 일어날 때마다 찌뿌둥했지만(만성피로 때문이다) 기어이 밖으로 나가 스노클링을 하고, 수영을 하고, 뜨겁게 달궈진 해먹에 누워 있었다. '더, 더, 더 잘 쉬어야 해' 하면서. 그리고 나서 베개에 머리를 대면 바로 잠들었다. 한번은 한 달 동안 휴가를 온 프랑스인이 "일주일?" 하며 나를 안쓰럽게 쳐다봤다. 그래, 우린 일 년에 많아야 일주일 쉬는 거야. 그 일주일을 그냥 흘려보내고 싶지 않다고!

다시 세부로 돌아와서, 그래서 스킨스쿠버 자격증을 땄냐고? 땄다. 휴가의 처음 2박 3일은 스킨스쿠버 필기 공부와 실기 연습만 했다. 저녁 먹으러 잠깐 해변에 나간 게 다였다. 그마저도 해 떨어진 뒤에만 나가서 낮 풍경을 본 적은 없다. 자격증을 따려면 이론 수업 대여섯 시간을 듣고 이틀 뒤 필기시험을 봐야 했다. 지구과학을 배운 고졸자면 공부 안 해도 된다고 했지만, 나는 60문항 중 열 개를 틀렸다. 열두 개 틀리면 떨어지는 거였다. 매일 대여섯 시간씩 스킨스쿠버를 하고 녹초 상태로 밑줄 쳐가며 공부했는데 이 모양인 건, 내 탓이라 하자. 왜 휴가까지 와서 에

어컨 냄새 나는 교실에 앉아 암기를 하고 있을까? 의욕이 안 났다.

　필기야 그렇다 쳐도, 스킨스쿠버는 체질이 아니었다. 첫날은 수영장에서 연습하는데도 깊이 내려갈수록 머리가 깨질 것 같았다. 코를 잡고 숨을 내쉬는 이퀄라이징을 제대로 안 해서 그렇다고 했다. 그 후엔 이퀄라이징을 너무 자주, 세게 해서 코가 시퍼렇게 멍들기도 했다. 그때의 내 사진을 보면 눈은 푹 들어가고 코는 시퍼런 게, 누가 봐도 안됐지 싶다. 둘째 날, 바다로 진출했다. 15미터 수심에 들어갈 것이며 산호에 손이 닿으면 손이 따갑고 부풀어 오른다고 했다. 강사는 해양생물을 만질 염려가 있으니 장갑은 줄 수 없다고 했다(응?). 절대 만지지 않겠다고 했지만 절대 안 믿는 표정이었다. 결국, 산호에 몸이 닿지 않도록 신경 쓰느라 다리에 경련까지 일었다. 강사는 내가 운동을 너무 안 해서 그런 거라고 했다(강사와의 갈등은 나중에 얘기하도록 하자). 어쨌든 자격증을 따기 위해선 스킨스쿠버의 몇 가지 동작을 완수해야 하는데, 물속에서 마스크를 벗고 호흡기를 뺐다가 다시 끼는 동작 등을 한다. 내가 왜 자신을 스스로 위험으로 몰고 가고 있지? 그러나 나만 빼고 다들 즐거워 보였다.

"우주에서 유영하는 기분이에요. 누나는요?"

"나? 자연의 섭리는 거스르면 안 되는 것 같아. 인간은 육지 동물이잖아."

셋째 날, 다들 발리카삭을 간다고 들떠 있었다. 아름답기로 유명한 다이빙 포인트다. 스킨스쿠버가 좀 익숙해져 드디어 풍경을 보게 된 나는 스스로 주입했다. 이건 아름답다, 아름답다…. 그래, 뭐가 무서워, 항상 강사와 동료들이 무리 지어 다니는데. 바로 그때, 물고기 떼가 다가오면서 나는 평정을 잃었다(말했다시피 물고기 공포증이 있다). 한참 휘청거리니 옆에 아무도 없었다. 수심 20미터, 한쪽은 절벽. 아래는 새까맣게 끝이 보이지 않았다. 떨지 말자. 배운 걸 떠올리자. 일 분 동안 그 자리에서 동료를 기다리다가 안되면, 위로 천천히 올라가는 거야. 전날 강사한테서 들은, 빨리 올라가다 폐가 터져 죽은 사람 얘기를 기억하며, 더 천천히 올라갔다. 그런데 그만, 보트의 프로펠러로 올라와 버렸다. 그 보트가 출발했다면 내 머리는 프로펠러에 '아작' 났을 거라고, 강사가 화를 냈다. 바다 한가운데서 혼나본 적 있나? 더 서럽다. 나이가 삼십 대 중반인데, 생판 남 앞에서 눈물이 나왔다. 내가 왜 이러고 있지?

그 다이버숍에만 강사들이 열 명 정도 됐는데, 대부분 한국에서 직장 생활을 하다가 스킨스쿠버에 빠져 세부로 넘어온 이들이었다. 강사 자격증을 딴 지 3개월 된 초보부터(가르칠 순 있는 거죠?), 한 7개월 했더니 지겨워 죽겠다고 권태에 빠진 남자까지. 그렇다. 그 남자가 내 강사였는데, 한국이 싫어 떠났지만 필리핀도 싫어지는 모양새였다. '다이버숍 사회'가 달갑지 않았다. 일상을 떠나고 싶어 이곳에 왔는데, 이곳의 일상에 젖는 기분이었다. 축축했다.

그렇게 내 세부 휴가는 망했다. 3일은 공부했고, 한 번은 죽을 뻔했으며, 어렵게 딴 자격증은 앞으로 내 인생에 어떤 효용도 없을 거다. 스킨스쿠버를 안 할 테니까. 이쯤 되면 네가 못해서 그런 걸 왜 난리냐고 전국의 스킨스쿠버 마니아들이 화내겠다. 그저 이 모든 건 나의 휴가 강박이 자초했음을 이야기하고 싶다. 그냥 하고 싶은 거 하면서 쉬면 되는 걸, 나는 자꾸 무언가 하려 든다. 런던에 여행 간 내 친구는 과연 즐거웠을까? 내게 남은 건 바닷속에서 찍힌 몇 장의 (미화된) 사진과 자괴감이었다. 다음 달

카드 명세서가 날아오면 휴가의 기억이 다시 떠오르겠지. 왜 스스로에게까지 힙 터지는 척하려는 걸까? 곧 베를린으로 영감받으러 떠난다는 친구만은 제발 그냥 휴가다운 휴가를 보내길 바란다. 그 영감으로 커리어와 SNS를 업그레이드시키려 하지 말고.

탄수화물 중독 베지테리언

나는 페스코 베지테리언이다. 소, 돼지, 닭 등 육류는 먹지 않고, 해산물은 먹는다. 유제품과 달걀은 가끔 먹지만 반기진 않는다. 예를 들어, 삶은 달걀의 노른자는 병아리가 생각나 잘 못 먹지만, 스크램블은 달걀이 아니라고 여기면 먹을 수 있다.

육류를 먹지 않은 지 사 년 정도가 됐다. 가끔 사람들이 채식의 계기를 묻는데, 그 시작은 순대를 시키면 함께 나오는 간이었다. 초등학교 때 친구가 "간에 기생충이 제일 많대"라고 한 뒤로 먹지 않게 되었다. 삼십 대 초반, TV에서 본 한 소비자 고발 프로그램에서 소 내장을 왁스로 씻는 모습을 보고 곱창도 끊었다(이전까진 곱창집 순례자였다). 삼십 대 중반, 영화 〈옥자〉를 봤다. 봉준호 감독은 인터뷰에서 "베지테리언은 아니지만 자료 조사를 위해 도살장을 다니다 보니 자연스레 피하게 됐다. 영화 〈옥자〉의 도살장 장면은 현실에 기반한 것"이라고 말했다. 그때 돼지고기를 끊었다. 닭고기는 먹었다. 회사 근처에 줄 서서 먹는 치킨집이 있는데, 그곳의 마늘 통닭을 먹으면서 이거라도 먹을 수 있어서 다행이지 싶었다. 그러다 한 다큐멘터리를 봤다. 어떤 할아버지가 삼계탕을 보며 "요즘 닭은 닭이 아냐. 병아리를 먹고 있어"라고 말씀하시는 순간 구역질이 올라왔다. 화면엔 처참한 사육 과정이 이어졌다.

그렇게, 페스코 베지테리언이 되었다. 내 식성을 모르는 친구도 많다. 매우 친한 사이가 아니면 굳이 고기를 안 먹는다고 말하지 않는다. 알다시피 술자리는 주로 삼겹살집, 족발집, 치킨집이다. 나는 통닭과 함께 서빙된 콘치즈를 먹거나, 삼겹살과 함께 서빙된 된장찌개에 밥을 말아 먹는다. 자연스럽게.

'올드독' 시리즈로 유명한 만화가 정우열을 제주도에서 만난 적이 있다. 개인적으로 만난 것은 아니고 이삼십 명이 모이는 행사였는데, 다 함께 저녁으로 고기 뷔페를 갔다. 그 역시 베지테리언이었고, 우린 반찬을 집어 먹었다. 나는 베지테리언에 관해 궁금한 것이 많아서 이것저것 물어보려고 했다. 그는 조심스레 "제가 여기서 왜 고기를 먹지 않는지 말하면 실례가 될 것 같아요"라고 답했다.

그 뒤로 정우열 작가의 태도를 배우려고 노력한다. 나는 고기를 먹지 않는 생활을 선택했고, 다른 사람은 그러지 않을 수 있다. 내 선택을 드러내서 상대를 불편하게 만들면 안 된다. 그래서 나 때문에 고깃집을 가지 않는 친구들에게 그러지 말라고 한다. 내가 뭐라고, 신경 써주는 친구들이 고마우면서도 미안해진다. 그들의 즐거움을 뺏는 것 같아서. 행여나 남들에게 베지테리언을 권하는 사태는 일어나지 않을 것이다.

나는 정말이지 흰쌀과 밀가루를 좋아한다. 친구들은 나를 밀가루 연쇄살인마, 탄수화물 중독자라 부른다. 누군가가 환경과 몸에 나쁘니 떡볶이와 국수를 먹지 말라고 하면 정말이지 슬플 것 같다. 가끔 내 건강을 염려해 친구들이 밀가루를 줄이라지만, 쉽지도 않고 그럴 마음도 없다. 탄수화물은 인생의 큰 즐거움이다. 몸에 해가 된다면 다른 것들로(운동이나 금연) 상쇄시키겠다. 누군가 재차 내게 밀은 몸에 나쁘니 제발 먹지 말라고 어쩌고저쩌고 한다면, 네 인생이나 잘하라고 말할 거다. 그러니 나도 초보 베지테리언으로서 누구의 식성도 나무라지 않으리라.

섹시하고 편안하고 내 가슴이 괜찮으니까

"너 혹시 안 했어?"

대학 시절, 남자친구가 기함하며 물었다. 나는 십 년 전부터 '선택적 노브라'를 해왔다. 기준은 젖꼭지였다. 젖꼭지의 실루엣이 드러나거나 색이 비치는 옷을 입을 때만 브래지어를 했다. 웬만하면 긴 머리로 가슴을 가리며 노브라로 다녔다. 남자친구는 "나랑 있을 때는 괜찮지만, 밖에 나갈 때는 그러지 말라"고 했다. 나는 "뭔 말이냐"고 답했다.

노브라를 하는 이유는 브라가 불편해서다. 스스로 속옷을 사기 시작한 스무 살부터 '내게 맞는 브라'를 찾아 헤맸지만, 없었다. 고급 속옷 브랜드에서 상의 탈의를 하고 치수를 재도 마찬가지였다. 심지어 내 가슴 모양이 평균이 아니라서 모든 브래지어가 불편한 건 아닐까 싶었다. 여성 해방의 문제가 아니라, 그냥 불편해서 노브라였다. 그래서 선택적이었다. 말했다시피 나름 티 나지 않는 선에서만 노브라인데, 가끔 시선이 꽂힐 때가 있다. 그럴 땐 가방으로 가리거나 뭘 보냐는 눈빛을 쐈다.

"너 그러다 큰일 나면 어쩌려고 그래."

가끔 애먼 소리를 해 오는 친구들에게 섭섭했다. 한 연예인이 인스타그램에 '노브라 의심 사진'을 올렸을 때 커뮤니티에서 본 댓글도 충격이었다. "저렇게 예쁘면 노출 안 해도 남자들이 매력 느낄 텐데요."

《USA투데이》는 노브라 열풍에 대한 기사에서 "60년대 여성해방운동과 다르게 최근에는 정치적 이유가 아닌 개인의 안락함과 패션을 위해 노브라를 택하고 있다"라고 말했다. 켄달 제너는 트위터에서 더 쉽게 말했다. "노브라가 무슨 대수예요. 섹시하고 편안하고 내 가슴이 괜찮으니까 하는 거죠." 맞다. 무슨 대수인가. 편안하면 됐지. 게다가 요즘엔 노브라가 쿨해 보인다. 켄달 제너처럼 토플리스(상의 탈의)까진 부담스럽지만, 영화 〈비거 스플래쉬〉에서 노브라로 원피스를 입던 틸다 스윈튼처럼은 되고 싶다. 가슴을 옥죄는 과정 없이 한 번에 쓱 옷에 몸을 밀어 넣고 외출하는 모습은 실루엣도 아름다웠지만, 행위 자체가 산뜻하고 자유로웠다. 나도 노브라로 옷을 입을 때 비슷한 기분을 느낀다. 가볍다. 자유롭다. 이젠 편안함뿐 아니라, 삶의 무게를 하나 처치하고자 노브라를 한다. 무언가로부터 해방된 내가 아름답게 느껴지기까지 한다.

문제는, 앞서 말했듯이 타인의 시선에서 자유롭기가 쉽지 않다는 거다. 우습게도 나는 혁오 밴드를 인터뷰하러 갈 때는 노브라로도 당당했고, 남동생 앞에서는 움츠러들었다. 혁오는 쿨하게 받아들이고, 내 동생은 가족끼리 왜 이러냐 할 것 같아서? 아, 내 노브라는 갈 길이 멀다. 이런 시선에서 완전히 자유로워지면 내 삶은 분명 변할 텐데.

노브라를 '선택의 자유'라고 말하기도 한다. "브래지어가 예뻐서 입을 뿐", "글래머러스한 옷태를 살리려면 그분이 필요함" 등 내가 입고 싶으면 입고, 말고 싶으면 말아야 한다는 주장이다. 브래지어를 안 하면 가슴이 처진다는 이유에서 불편함을 참기도 한다. 브래지어와 가슴 처짐의 상관관계에 대한 연구 결과는 놀랍도록 제각각이다. 연구는 후원하는 자본, 정치적 상황 등에 따라 바뀔 수 있으니까.

어쨌든 내 몸에 대한 결정권은 나에게 있으니, 브래지어를 차든 말든 내 마음이라는 것이다. 나도 그랬다. 그런데 주체적이라는 내 선택도 결국 체제의 영향을 받지 않았을까? 미국의 유명 페미니스트인 주디스 버틀러는 역사와 문화가 만든 규범 아래 행동을 반복하면서 성 정체성이 결정된다고 말한다. 이 성 정체성을 올바르게 수행하면 우리는 여러모로 보상을 받는다. 예를 들어 사회가 이상으로 삼는 여성성에 부합하는 의상과 행동을 하면, 성적으로 더 매력적이거나 믿음직스럽거나 사랑스럽다는 평가를 받는 것이다. 내가 브래지어를 하는 게 섹시해 보인다는 것, 그래서 노브라로 지내다가 데이트를 할 때만 브라를 하는 것. 이런 내 생각, 느낌, 행동이 체제의 산물임에도 스스로 선택했다고 믿는 건 아닐까. 처진 가슴과 드러난 젖꼭지가 아름답지 않다는 생각을 지우려고 노력 중이다.

18개월 동안 제모하지 않은 겨드랑이를 TV 쇼에서 선보인 페미니스트 에머 오툴은 이렇게 말했다.

"관습이 만든 이상적인 의상과 신체 조건에 따르면 얼마간은 자신감을 얻을 수 있죠. 하지만 여기서 비롯되는 행복은 당신의 성격, 재능, 자신만의 고유한 아름다움에 가치를 두는 세상에서 얻을 수 있는 행복과는 달라요."

우리 각자의 헤비듀티

　수차례 이사를 다니면서 책이 가장 짐이었다. 그래서 보통 다 읽은 책은 중고 서점에 팔거나 지인에게 선물한다. 그 와중에 살아남은 책은 보통 산악 혹은 모험 문학 장르다.

　소설가 김영하가 팟캐스트에서 추천해 준 『희박한 공기 속으로』로 산악문학에 입문했다. 1996년 에베레스트에서 조난한 등반대의 일원이었던 존 크라카우어의 회고록이다. 정신착란이 올 만큼 희박한 공기, 동료가 죽어가지만 눈보라 때문에 구할 수 없는 무력감 등… 읽고 나면 나 따위는 히말라야 정상에 오를 수 없으리란 확신과, 산악인에 대한 깊은 존경심이 차오른다. 그 외에도 일본 탐험가

의 극지방 생존법을 담은『우에무라 나오미의 모험학교』,
자신을 치유하고자 4,285킬로미터의 등산로를 걸은 셰릴
스트레이드의『와일드』, 초콜릿을 갖고 있으면 곰에게 뺏
기는(죽는) 애팔래치아 산길을 종주한 빌 브라이슨의『나
를 부르는 숲』, 전 세계를 서핑한 저널리스트 윌리엄 피네
건의 자서전『바바리안 데이즈』등이 꽂혀 있다.

　서점에서『헤비듀티』를 집어 든 이유는 뒤표지의 여우
때문이었다. 여우를 만나는 모험에 대한 내용인가 싶었
고, 제목도 뭔가 강해 보였다. 내용은 예상과 맞지도 다르
지도 않았다. 가장 놀라운 점은, 1977년 일본에서 출간된
책인데 2020년에 내가 추구하는 라이프스타일과 맞아떨
어진다는 것이다(뉴발란스가 새롭게 뜨는 미국 브랜드이
며 일본에서 나이키 운동화를 왜 살 수 없느냐고 항의하
는 대목에서야 1970년대 책임을 실감했다).

　우선 헤비듀티(heavy-duty)는 무엇인가. 사전상의 의
미는 '튼튼한, 중대한' 등이다. 대량생산과 전쟁 등 인간
소외를 경험하며 자연 회귀를 소망하던 1960년대 젊은이,
히피들은 헤비듀티를 특정 패션이나 라이프스타일로 발
전시킨다. 당시 젊은이들은 직접 지은 통나무집, 농사, 건

강식, 조깅, 자전거, 스키, 백패킹, 낚시 등에 매료되었다. 청년 이본 취나드(파타고니아 설립자)와 더글러스 톰킨스(노스페이스 설립자)가 한창 백패킹을 다니던 시절이다. 자기 자신 말고는 의지할 게 없는 백패킹에서 생존 용품(따뜻한 옷과 침낭, 가벼운 코펠)이 자연스레 발전했다. 기능을 강조한 튼튼한 옷은 '헤비듀티 패션'으로, 자연으로의 회귀는 '헤비듀티 라이프스타일'이 되었다.

  저자인 고바야시 야스히코는 『헤비듀티』를 일본에 소개해 1970~80년대에 붐을 일으킨다. 그는 책에서 헤비듀티를 '튼튼함'을 넘어선 '진짜'의 개념으로 설명한다. 하지만 아이러니하게도 당시의 헤비듀티 패션에는 엄격한 규칙이 있었다. 고바야시는 그의 책에서 상황별로 그림까지 그려 설명했다. 예를 들어, 숲에서 생활한다면 귀마개가 달린 모자에 구스다운 파카, 퀼팅 바지에 스노 슈즈를, 심지어 휴일에는 날씨가 추워도 약간 찢어진 옆트임으로 주머니가 살짝 보이는 컷오프 진을 입고, 리처드 브라우티건의 책 『미국의 송어 낚시』를 손에 들길 추천한다. 색의 조합, 바지 길이, 트임 정도, 소재 구성, 특정 브랜드, 옷을 입는 방식 등을 세세하게 규정한다. 솔직히 무슨 말인지 모르겠다.

헤비듀티한 생활양식도 마찬가지다. DIY 추구까진 좋은데, 집을 짓거나 보수할 때 재료는 건물 철거 현장에서 가져오며, 침대 매트리스 외에는 직접 만들어야 한다. 창고를 개조한 방에는 통나무 스툴과 각종 공구가 있으며, 벽에는 알래스카 지도 정도는 붙여져 있다.

패션 업계에서 일하다 주왕산으로 귀향한 지인이 떠올랐다. 그는 소비의 세계에 환멸을 느껴 앞으로는 단순하게 살 거라 했다. 하지만 샤넬과 프라다를 처분한 자리는 파타고니아와 수공예품이 차지했다. 달라진 라이프스타일에 맞춰 또 다른 소비를 시작한 것이다. 어떤 삶이든 존중하지만, 그가 속세와 떨어진 것처럼 얘기할 때면 의아했다. 멋진 은둔자 강박에 갇힌 것 같았다.

헤비듀티의 본래 정신을 계승하고 싶다. 나에게 헤비듀티란, 공식에 따른 패션의 과시가 아닌 기능과 목적에 맞게 제품을 사용하는 것, 군더더기 같은 물건과 절차에선 자유롭고, (좋은 의미로) 자기중심적 삶을 사는 것이다. 보온성이 뛰어나다면 그것이 어느 브랜드든 머프 포켓이 달렸든 말든 상관이 없다.

하긴, 내가 누구를 뭐라 할 처지는 아니다. 대체 무슨 자신감에선지 나는 모험에 대한 강박이 있어서 '사람의 살가죽을 벗겨낼 정도의 바람'이 부는 파타고니아를 온몸으로 체험하리라 다짐했지만, 막상 현장에서 너무 추워 자동차를 렌트했다. 창피했다.

그렇지만 누구나 우에무라처럼 개 썰매를 끌고 남극을 횡단할 수 없다. 각자의 방식대로 헤비듀티를 실천하면 된다. 다만, 수육도 삶아주는 요리사를 대동한 히말라야 한식 원정대에 끼기보단 앞마당 야영을 선택하며 살리라. 타인에게 의지하지 않는, 헤비듀티한 여행으로.

욕망의 냉장고

미니멀 라이프가 유행이었다(나, 유행을 따르는 편). 미니멀리스트들은 설레지 않는 옷은 버리고 최소한의 물건으로 살길 권하며 급기야는 부엌의 냉장고도 버리기 시작했다. 삶이 달라진다면서. 귀가 얇은 나는 한여름에 냉장고 없이 살기를 시작했다….

한 3인 가족의 도전 다큐멘터리를 봤다. 냉장고 없이 살기의 첫 단계는 냉장고가 텅 빌 때까지 내용물 소진하기다. 그들은 "다 먹어봤자 이 주 넘겠어요?"라고 말했다. 그러나 두 시간 동안 털린 냉장고에서는 유통기한이 사 년 지난 소시지, 삼 년 묵은 사골 국물, 정체를 알 수 없는 비닐봉지 등 백오십여 가지의 식품이 나왔다. 그들은 사십 일간 냉장고 음식만 먹으며 살았다. 설마 하는 마음으로 나도 냉장고를 털어봤다. 오십여 가지의 식품이 나왔고, 다 먹는 데 이 주가 걸렸다. 친구는 나에게 "가지가지 한다"라고 했다.

마침내, 냉장고 없는 삶을 시작했다. 나는 원래도 약속이 많은 편이라 일주일에 서너 번만 집에서 저녁을 먹곤했다. 밥을 하고, 참치 통조림을 꺼내고, 찬장에 넣어둔 김과 무말랭이 등을 꺼냈다. 다음번도, 그 다음번도…. 이러다 참치가 될 것 같았다. 아니면 무말랭이가. 정말 냉장고 없이 살 수 있을까?

가정에서 냉장고는 '신격화'돼 있다. 엄마는 시골에서 김치와 들기름 등을 보낼 때 꼭 전화를 하신다. "바로 냉장고에 넣어야 해, 알았지?"

냉장고는 뭐든 오래도록 신선하게 보관할 것 같은 환상이 있다. 사실 한국에서 냉장고가 상용된 지는 오십 년이되지 않았다. 지금처럼 일정한 온도를 유지하는 가정용 냉장고는 1910년대에 미국에서 최초로 나왔다. 한국에서는 1960년대에 120리터가 출시되어 1980년대에 널리 보급됐다. 냉장고는 점점 커져 2011년에는 세계 최초로 850리터급이 나왔다(물론 지금은 더 커졌다). 제품 담당자는 인터뷰에서 이렇게 말했다. "왜 자꾸 커지냐고요? 소비자가 원하니까요."

가구원 수는 점점 줄어드는데 냉장고는 왜 자꾸 커질까? 관련 다큐멘터리를 만든 KBS〈과학카페〉제작팀은 다음과 같이 진단했다. "너무 많이 팔고, 너무 많이 산다." 대량 생산, 대량 소비가 냉장고의 덩치를 키웠다는 것이다. 욕망이 사들인 물건이 냉장고를 채우고, 그렇게 냉장고는 음식물 쓰레기를 생산하며 전기를 낭비하고 생태계를 파괴한다. 음식물 쓰레기만 절반으로 줄여도 자동차 두 대 중 한 대를 세워놓는 것만큼 온실가스가 줄어든다. 냉장고에 있다가 버려지는 음식의 사회적 비용은 생각보다 훨씬 비싸다.

냉장고 없이 살기를 하며 가장 많이 받는 질문은 "뭘 먹고 사냐?"였다. 나도 궁금했다. 참치와 무말랭이의 굴레에서 어떻게 벗어나지?『궁극의 미니멀라이프』를 낸 아즈마 가나코는 "냉장을 하면서까지 오래 보관해야 하는 식재료는 사실 별로 없다"고 말한다. 우리가 흔히 냉장고로 넣어버리는 많은 식품은 상온에서도 거뜬히 버틴다. 또

절임, 발효, 건조 등의 방법으로 저장 식품을 만들고, 무엇보다 소량만 사서 그날그날 소비하면 된다. 가나코는 제발 힘 빼고 대충 요리하라고 말한다. 닭튀김처럼 기분을 들뜨게 하는 음식은 가끔만 먹으라고. 우린 식탁을 채우려고만 한 게 아닐까? 미식이 아니라 욕망으로?

『사람의 부엌』을 쓴 디자이너 류지현은 세계의 '냉장고 없는 부엌'을 찾아다니며 유럽과 남미의 부엌에서 친환경적인 음식 저장법을 발견했다. 물론 우리는 그들처럼 음식을 파묻을 땅이나 널찍한 창고, 혹은 '생태 냉장고'라는 텃밭을 갖기 힘들다. 허나 그는 냉장고가 탄생하기 전에 생겨난 지혜만 다시 모아도 냉장고 없이 밥상 차리기는 어렵지 않다고 말한다. 당근이나 감자는 얇게 썰어 물에 데치고 햇볕에 말리면 적어도 일 년 동안 실온에서 보관할 수 있다.

냉장고가 없던 시절, 사람들은 계절, 날씨, 본인의 여건 등을 늘 관찰하고 식재료로 이런저런 시도를 했다. 그 과정에서 새로운 맛이 나왔다. 하지만 냉장고의 등장으로 이 모든 관찰과 지식과 창의성은 사라졌다.

『생태 부엌』의 저자 김미수는 아파트에 산다면 채소와

과일을 베란다 응달에 두고 먹기부터 해보라고 말한다. 과일이나 채소 등은 납작한 상자를 여러 개 구해 눌리지 않도록 담아두면 냉장고에 보관하는 것보다 오래 싱싱하다. 전문가들의 제안을 몇 가지 따라 해봤다. 엄마가 냉장고에 넣으라고 강력히 권한 들기름은 소금 단지에 넣으면 일 년 동안 향이 유지된다. 호박은 썰어 말려서 국을 끓일 때 필요한 만큼만 넣어 쓴다. 냉장고를 안 쓰니 적어도 냉동식품을 먹지 않게 됐다. 음식물 쓰레기는 거의 나오지 않는다. 이 주에 한 번 마트에서 거하게 장을 보다가, 이삼 일에 한 번 동네 슈퍼에서 한두 가지만 산다. 뭔가 생태적인 여성이 된 것 같다. 때론 냉장고의 차가운 맥주가 그립지만, 그때는 편의점에 들르면 된다. 아직까지 김치가 고민이지만 이 또한 답을 찾아가면 될 테다.

한때 '옷장 정리'가 유행할 때 안 입는 옷을 모두 기부했다가 슬슬 다시 사들였듯이 '안티 냉장고'가 얼마나 갈진 모르겠다. 하지만 확실히 간결하고 건강해진 식탁이 만족스럽다. 사적인 공간이라 생각했던 부엌이, 실은 거대 자본과 욕망이 지배했다는 사실을 앞으로도 기억하고 점차 벗어나고 싶다.

자기방어도 내돈내산으로

"서울중앙지검 형사 조정실입니다."

검찰청으로 출두하라는 문자가 왔다. 지난해 경찰서에 접수된 사건이 이제 검찰에 넘어간 듯싶었다. 밤에 귀가하던 중 택시 기사와 시비가 붙었던 나는 그에게 포박당해 끌려갔다. 포박을 풀기 위해 기사의 손가락을 물었고, 경찰에 신고했다.

내 인생 세 번째 경찰서행이었다. 처음 두 번은 귀갓길에 당한 성추행 때문이었는데, 도망가는 범인을 직접 잡아 경찰서로 넘겼다. 한 명은 회사원, 한 명은 전과 5범이었다. 이번엔 내가 가해자처럼 됐다. 손가락 상해에 대한 진단서 때문에 쌍방 과실로 검찰까지 넘어간 것이다. 합의를 위해 택시 기사와 재회했는데, 나란히 앉아 조사받고 한밤에 경찰서를 같이 나서야 했다. 두려웠다. 그동안 '나쁜 놈'을 잡아넣은 건 운이었고, 언제든 위험에 빠질 수 있었구나…. 택시 기사의 차가 시야에서 사라질 때까지 경찰서에 숨어 있었다. 집에 들어가기 전에도 주위를 둘러보았다. 혹시나 그가 따라왔을까 봐.

십 년 전에 후추 스프레이를 구매한 뒤로 오랜만에 호신용품 쇼핑을 시작했다. 그동안 안일하게 살았다며 눈물을 찔끔거렸다. 그사이 '호신계'는 엄청나게 성장해 있었다. 포털 사이트에 '여성 의류'를 검색하면 나올 법한 양이었다. 사이트를 닫고 친구에게 전화를 걸었다.

"무슨 호신용품을 사야 할지 모르겠어. 그전까지 커터 칼이라도 갖고 다닐까 봐."

친구는 "호신용 경보기를 울리고 도망가는 게 상책"이라고 했다. 초록 창에 호신용 경보기를 검색하니 수많은 상품이 뜬다. 가장 많이 팔린 3만 원짜리 경보기를 클릭했다. 핀을 뽑으면 비행기 이착륙 소음인 120데시벨보다 큰 130데시벨의 소리가 나는 제품으로 '귀에서 피가 날 정도'라는 설명이다. 옆에 '액세서리로도 이용 가능'이라고 적혀 있다.

곰돌이 모양의 경보기를 액세서리로 쓸 일은 없을 거 같다.

《가디언》에서 비슷한 기사를 봤다. 칼럼니스트 로라베이츠는 칼날이 달린 핑크색 반지, 스위치를 누르면 전류가 흐르는 강간 방지 속옷, 환각제에 반응하는 매니큐어 등을 소개하며 "자신의 안전을 위해 어서 지갑을 열고 돈을 쓰라"는 메시지가 넘쳐난다고 했다.

우리도 자신의 안전 정도는 스스로 책임지라고 압박받는다. 한 여성 커뮤니티에 '호신용품이 필요하냐'는 질문에 이런 댓글이 달렸다. "사회를 믿지 마세요. 국가 재난만 봐도 알잖아요. 스스로 움직인 사람만 살았어요." 공감하는 댓글에는 각종 호신용품에 대한 품평도 이어졌다. 전기 충격기나 가스총은 20만 원이면 살 수 있지만, 경찰서로부터 소지 허가를 받아야 하는 번거로움 때문에 경보기나 삼단봉 등이 인기였다. 나도 이들을 장바구니에 넣고 맹렬히 검색을 이어갔다. 최근 전기 충격기 겸용 휴대폰 케이스가 출시됐는데, 내 지문으로만 작동돼 오발 염려가 없고 작동 위치가 경찰서로 전송된다. 가격은 15만 원. 어머, 이건 사야 해! 장바구니에 넣었다. 모든 호신용품의 메인 카피는 거짓말처럼 똑같다. "내 안전은 내가 지킨다(그러니 어서 돈을 쓰세요)."

　『미녀, 야수에 맞서다』의 저자이자 변호사인 엘렌 스노
틀랜드의 TED 강연을 봤다. 고분고분한 '잠자는 미녀'가
되지 말고 자기방어를 해야 한다는 내용이다. 한때 그녀
의 버킷 리스트에는 브라질리언 왁싱이 자기방어 수업보
다 우선이었지만, 강도를 만나면서 그 순위는 변했다. 그
는 자기방어의 핵심으로 "안 돼"라는 표현을 강조했다. 엘
렌이 "저리 가"라고 소리 지르니 괴한 대역이 당황하며 사
라지는 상황극을 보였다.

　나도 초록 창에 자기방어 수업을 검색해 봤다. 한국성
폭력상담소의 '여성주의 자기방어 훈련'이 있다. '싸우는
여자가 이긴다'라는 슬로건 아래, 자신을 보는 부정적인
시선 반대로 쏘아내기, 대련을 통해 반격 연습하기 등이
있다. 뭔가 코끼리 다리를 만지는 기분이지만, 참여자들은
용기를 얻었다는 평이다. 이 수업은 무료지만 언제 또 열
릴지 모르며, 열린다 해도 집과 거리가 너무 멀었다.

　그래서 호신술 학원을 찾아봤다. 요즘 인기 있는 주짓
수의 강습비는 내가 다니는 요가 학원과 비슷했다. 퇴근

후 요가를 끝내고 주짓수를 가야 하나? 그럼 내 여가는? '안전'이란 기본권을 위해 왜 나의 체력과 시간과 기회비용을 지불해야 하는 거지?

택시 포박 사건은 내 삶을 바꿨다. 일상의 행동과 마음상태, 시간 운용, 가계에도 영향을 미쳤다. 아마 평생을 따라다닐 것이다. 통계를 들 필요도 없지만, 2030 1인 가구 여성에게 삶의 어려움을 묻자 경제적 불안감, 위급 시 대처의 어려움, 성폭력 범죄 등 안전에 대한 불안감이 상위로 꼽혔다(서울시여성가족재단, 2016). 하지만 사회는 안전을 위한 책임이나 비용은 개인에게 전가한다. 물론 기관에서 내놓는 대책은 있다. 내가 사는 송파구가 '여성 안전 확대 정책'을 마련한다는 기사를 봤다. 모든 공중화장실에 비상벨을 설치하고, 여성안심택배보관함을 확충하고, 자기방어 호신술 아카데미도 열고, 귀갓길 환경을 개선한다는 내용이었다. 하지만 이것은 최소한의 책임이며, 근본적인 해결책이 아니다. 몇 년 전 프랑스에서는 '여성세' 논란이 뜨거웠다. 같은 제품임에도 여성용이 남성용보다 더 비싸다는 것. 우린 여전히 또 다른 '여성세'를 내며 '안전을 사고' 있다.

힙스터의 식탁

"먹다 먹다 이제 흙도 먹는다."

온라인 뉴스 채널 편집장 K의 SNS에 독일산 흙 사진이 올라왔다. 물에 타서 마시면 장에 좋다는 설명과 함께. 댓글이 줄줄이 달렸다. "장에 좋은 다른 것도 많은데…", "먹을만 한가요?", "흙 치고 패키지가 예쁘네요", "제가 과민성 대장증후군인데, 자극적이고 기름진 음식은 피하고 양배추가루를 먹어요. 음식도 조심해야 하지만 수영이 제일 좋은 거 같아요."

나도 주문해 먹어봤다. 그건 마치, 마르셀 프루스트가 마들렌을 먹고 시간 여행을 떠났듯, 초등학교 운동장으로 이끌리는 맛이었다. 넘어져서 입에 모래가 들어간 맛. 독

일어로 적힌 효능을 번역해 봤더니 위 건강, 장 건강, 신진 대사, 다이어트 등 온 우주의 좋은 기운을 끌어모은 듯한 설명이었다.

나도 흙 사진을 찍어 SNS에 올렸다. 역시나 신기하다는 반응. 그중 한 지인이 이런 댓글을 달았다. "독일에서 살 때 배가 아프면 이모가 약국에서 흙을 사 와 물에 타주셨죠. 지금도 직구해서 꾸준히 먹어요." 그리고 덧붙였다. "흙 사진에 다들 재미있어하네요. 맛있는 것을 찍어서 인스타그램에 올리는 시대는 끝났죠. 독특하거나 나만의 스토리가 있어야 해요."

음식도 패션처럼 떴다가 사라지길 반복한다. 구글에 '힙스터의 음식'을 검색해 봤다. 엔터테인먼트 사이트 버즈피드가 선정한 힙스터의 음식은 건강하면서 독특한 소재 혹은 형태여야 했다. 일반 소시지 vs 힙스터의 레몬 케일 초록 소시지, 일반 머핀 vs 힙스터의 두부 생강 머핀…. 미국의 음식 전문 매체 《푸드 비즈니스 뉴스》에서는 떠오르는 식재료로 강황과 정어리를 꼽은 적 있다. "강황 음료와 파우더가 인기를 얻을 겁니다. 이미 몇몇 레스토랑에서는 정어리 토스트를 메뉴로 선보였죠." 그들은 건강과 새로움을 위해 모험할 준비가 되어 있다.

기네스 펠트로가 먹어서 유행을 탄 퀴노아처럼 정어리도 품절 사태를 빚을까? 퀴노아가 세계적으로 인기를 끌면서 가격이 일곱 배로 뛰고, 이를 주식으로 하는 안데스 주민들은 정작 먹지 못하는 사태가 발생했다. 페루에서는 정부 차원에서 생산량을 늘리려고 밭을 무리하게 갈고 전통 농업 방식을 버리면서 환경 문제도 발생했다.

식재료와 음식을 사 먹을 때도 신념이 필요하다. 유행하거나 건강하다고 무작정 따르지 않고, 자신의 선택이 세상에 미치는 영향을 생각해서 소비해야 한다. 그게 진짜 멋진 식탁이다. 물론 쉽지 않다. 푸드마일(식재료가 우리 식탁에 오르기까지의 거리)이 짧은 음식(캘리포니아에서 건너온 오렌지보다 옆 동네에서 귤을 사는 것이 환경을 위해 좋다)을 사려고 해도 어디에 파는지도 잘 모르겠고, 사실 나도 유행하는 아보카도 토스트를 만들어 먹어댔다. 정말이지, 아보카도는 태평양을 건너서 날아와야 하는데 말이다.

한번은 마트의 와인 가게에서 환경을 위해 화학 비료를 쓰지 않는다는 유기농 와인을 추천받았다. 그 세계도

넓었다. 농약을 치지 않을 뿐 아니라 음악을 들려주고 달과 별의 주기에 따라 수확한다는 바이오다이내믹 와인도 있었다. 포도 덩굴을 만지며 주문을 외우기도 한단다. 이전에 된장 독에 첼로 연주를 들려주는 할머니를 인터뷰한 적은 있는데…. 어쨌든 나는 이 마법 같은 와인의 가격을 감히 물어보지 못하고, 세일 하는 2만 원짜리 와인을 사 들고 나왔다. 아직은 그들의 멋진 와인에 돈을 더 쓸 만한 신념(돈)이 내게 부족한가 보다.

어쨌든 내가 무언가를 살 때는 유행 때문인지, 힙해서 인지, 환경과 농부에게 피해를 주고 있는지 검열하려 노력한다. 이전엔 내 몸만 생각했는데 이 정도면 큰 발전이지, 뭐.

삶이 느끼할 땐 트레킹을

소설가 정유정은 장편소설 『28』을 쓴 후 번아웃에 시달리다 히말라야 안나푸르나로 떠났다. 나와의 인터뷰에서 그녀는 트레킹에 빠진 이유를 이렇게 설명했다.

"종주 트레킹에만 18일, 전후 휴식에 약 10일 정도 소요됐습니다. 이후로 일 끝낸 후와 초고를 쓸 때 어디론가 사라지는 게 습관이 됐습니다. 『종의 기원』의 초고를 쓰기 위해 찾아간 곳은 산티아고 순례길입니다. 프랑스 생장피에드포르에서 산티아고를 거쳐 피니스테레라는 서쪽 땅끝까지 약 980킬로미터를 35일에 걸쳐 걸었습니다. 엄청난 강행군이었기에 휴식기도 2주 정도로 꽤 길었습니다."

나도 긴 걸음을 뗀 적 있다. 브루스 채트윈의 에세이

『파타고니아』의 글귀 때문이다.

"제가 믿는 신은 보행자들의 신이죠. 우리가 열심히 걷기만 한다면 다른 어떤 신도 필요 없을 겁니다."

파타고니아는 남한의 열 배 가까운 크기의, 아르헨티나와 칠레 남부에 걸쳐 있는 땅이다. 책의 표현에 따르면, 살가죽을 벗겨낼 정도의 바람이 불며 광활한 대초원, 사막 같은 불모지, 크고 작은 섬들로 이루어져 거인들의 땅이라 불린다. 나의 트레킹은 철없는 이동에 가까웠다. 배낭의 무게를 줄이려고 수건을 버렸다. 씻을 생각은 없었다. 너무 추워서 화장실에 안 가려고 물도 적게 마셨으니까. 한식이 먹고 싶어 유통기한이 이 년 지난 라면을 먹었다. 갈수록 먹고 자는 본능만 남았는데, 그 단순함이 그간의 느끼함을 깎아주는 듯했다.

이제는 산티아고나 실크로드 같은 슈퍼스타가 아닌 국내를 걷는다. 문화체육관광부와 한국관광공사가 운영하는 트레일 포털 사이트인 '두루누비'에서 정보를 얻는다. 우리나라에는 540개의 트레일, 1,360여 개의 코스가 있다. 올레길, 해파랑길 같은 관광지 말고도 어느 길이든 이름이 있다. 내가 몰랐을 뿐.

두루누비의 '이달의 추천 길'을 참고해도 좋고, 원하는 지역을 검색창에 치면 관련 코스가 뜬다. 지역의 주요 유적지, 명소, 경치를 기점으로 코스가 생성되기에 따라 걸으면서 관광도 할 수 있다. 때론 바다, 해돋이, 고택, 역사 같은 단어를 검색해 본다. 예를 들어 '역사'를 검색하면, 부여 사비길처럼 유적지를 중심으로 생성된 길이 뜬다. 사비길은 백제의 역사에서 마지막 123년을 보낸 사비(부여의 옛이름)를 돌아보는 길이다. 부여 버스터미널에 내려 신동엽 생가 - 부여궁남지 - 능산리 고분군 - 금성산 - 국립부여박물관 - 정림사지 - 부소산성 - 구드래조각공원을 거쳐 다시 버스터미널로 오는 13.4킬로미터 코스로, 여섯 시간 정도 걸린다. 코스를 그대로 따르지 않아도 된다. 나는 신동엽 생가의 도서관에서 졸다가 시간이 부족해 조각공원은 가지 않았다. 다음 날엔 사비길 코스에는 없지만 삼천궁녀의 전설이 깃든 낙화암을 방문했다.

누군가 말했다. 자동차를 타면 내 몸은 짐이 되지만, 걸으면 주체가 된다. 태양, 바람, 온도를 몸으로 맞으며 걸을 때면 감각이 되살아난다. 겨울이면 차가운 공기와 따뜻한

입김의 낙차를 느끼고 여름이면 체취를 맡는다. 새삼 나를 자각한다.

나의 첫 번째 트레킹지는 강릉 바우길 5구간 바다 호수 길이었다. 한여름 땀에 젖어 바라본 주문진은 청록이었다. 차로 갔을 때는 못 봤던 색이다. 태양에 달궈진 눈이 청록색을 빚어냈을 수도. 한번은 태안반도국립공원의 해변길 3코스를 걸었다. 바다라는 3D 영화가 보폭에 맞춰 상영되는 듯했다. 백사장항에서 출발해 11.8킬로미터를 걸어 꽂지해변에 도착하니 노을이 졌다. 이 길의 다른 이름은 '노을길'이다.

멀리 떠날 필요도 없다. 서울과 근교에도 많은 길이 있다. 지난주에는 친구와 안산 대부해솔길 1코스를 걸었다. 우리의 대화는 카페 음악이 아니라 바람 소리에 섞였다. 방아머리 해수욕장에서 시작해 구봉도 낙조 전망대를 지나 종착지인 24시 횟집에 들렀다. 설마 했는데, 코스의 종착지가 황량한 바닷가의 '바그다드 카페' 같은 횟집이라니. 그곳에서 우리는 꼬막과 소주를 먹었다.

걷는 자는 지역에 숨을 넣는다. 서로의 지역으로 걸어 들어가 교류하며 각자 생기를 얻고 헤어진다. 나의 고향인 예산군에도 예당저수지를 따라 걷는 의좋은 형제길이 있다. 전래동화 '의좋은 형제'의 실제 배경지다. 코스는 조그만 마을을 둘러보는 게 전부다. 마을 슈퍼에서 음료수를 마시고 향토 음식인 어죽을 먹으며 주인장과 대화했다. 그 길과 나는 짧게나마 연을 나눴다.

봄이 되면 외씨버선길을 걷고 싶다. 외씨버선길은 주왕산에서 시작하여 청송, 영양, 영월, 봉화를 가로지르는 240킬로미터, 13개의 코스다. 길을 선으로 그리니 외씨버선 모양이다. 그곳을 걸으며 나의 느끼함과 거추장스러움을 깎아내고 싶다.

~~~~~~~~~

베스트셀러 유감

"혹시 이 책 봤어요? 초딩 일기장도 아니고⋯."

선배와 술을 마시던 중, 몇 주째 베스트셀러인 에세이를 꺼냈다. 여행서 출간을 이십 년째 고민 중인, 여행 작가 선배가 말했다.

"언제 베스트셀러가 다 좋은 책이었느냐 마는⋯ 요즘엔 심해."

그 책이 왜 베스트셀러가 됐을지 이야기하다가, 작가의 인스타그램을 들어가 봤다. 인플루언서다. 잘생겼다. 반박이 불가한 내용의 글을 썼다(이별하면 아프다, 배고프면 밥 먹는다는 식). 출판사 직원인 친구도 말했다.

"출판계에 전성기는 딱히 없었지만, 요즘엔 진짜 붕괴

된 것 같아. 저자가 잘생겨야 한다니까."

　우리도 이런데, 의자에 궁둥이 붙이고 몸이 녹도록 글 쓰는 전업 작가는 어떨까. 작가 K는 오히려 고개를 갸우뚱했다.

　"그걸 왜 신경 써요? 어차피 세상엔 다양한 계층이 있고, 다양한 문화적 욕구를 충족시키는 상품이 있잖아요. 제 책도 '순수문학 최고'를 외치는 사람들에게 가볍다고 비판받아요."

　나의 여행 에세이 『불완전하게 완전해지다』는 창고에 쌓여 있다. 난 남의 성공을 시기하는 루저인가….

　남미 여행 후에 책을 출간하려고 상상출판에 갔다. 유철상 대표는 내 인스타그램 팔로워 숫자를 물었다. 당시 500명. 실망한 눈치였다.

　"SNS 스타들이 낸 책이 베스트셀러가 될 확률이 거의 백 프로예요. 보통 SNS 스타라면 팔로워가 7만 명 이상인데, 10만 명을 넘기면 더 확실해지죠. 여기에 출판사가 온라인 서점, 페이스북, 서점 매장 등에 광고를 단기간 집중하면 효과가 극대화돼요. 한 이십 대 작가는 팔로워 6만 명일 때 책을 내서 베스트셀러가 되고 팔로워가 13만 명으로 늘었죠. 다른 작가도 여행 분야 베스트셀러 1위를 한 뒤 팔로워가 두 배인 14만 명으로 늘었어요. 물론 그런 베스트셀러는 점유 기간이 두 달을 넘기지 않지만요."

그리고 유 대표는 '키워드 마케팅'이라는 말을 덧붙였다.

"SNS에서 영향력이 생긴 작가를 발굴해 위로, 힐링, 처세 등의 키워드 마케팅을 극대화하는 작업을 해요. 일명 만들어지는 베스트셀러죠. 텍스트와 작품의 힘 자체에 기대는 한강이나 김용택 작가의 책보다는, 확실히 이런 식으로 만들어지는 베스트셀러가 많습니다."

출판계에서도 SNS가 권력자다. SNS에서 팬덤을 거느린 작가는 베스트셀러 작가가 될 확률이 높다. 출판 전문지《기획회의》의 염경원 기자는 이렇게 말한다. "한 해 출간하는 책이 8만 종이에요. 책의 홍수에서 책의 존재를 알리는 '발견성'이 출판계의 화두죠. 발견성을 끌어올릴 큰 무대가 SNS예요." 출판사 사월의책 안희곤 대표도 동의한다. "대부분의 책은 나빠서가 아니라 '발견'이 안 되어서 안 팔립니다. 요즘은 '미디어셀러'라 하죠. 미디어가 만든 베스트셀러라는 뜻입니다. 미디어는 신문이나 방송뿐 아니라 SNS와 팟캐스트까지 포함해요." 성인이 책을 선택할 때 이용하는 정보 1위는 서점이나 도서관에서 책을 직접 보는 것이다. 하지만 젊은 세대(특히 이십 대)일수록 SNS를 통해 책 정보를 수집하는 비율이 높았다.

SNS를 통한 '발견성' 말고도, 요즘 세대의 'SNS 커뮤니케이션 방식'도 출판에 영향을 미친다. 첫째는 이미지다. 표지 디자인은 책 판매에 중요한 요소지만, 특히 요즘엔 사진을 찍어 '#북스타그램'으로 공유할 만큼 예뻐야 한다. 어느 인디 매거진의 편집자는 이렇게 얘기했다. "내용은 보지 않는 거 같아요. 표지가 예쁜 호가 잘 팔리더라고요."

책이 정보와 지식의 보고라는 것도 옛말이다. 그 역할을 대체할 플랫폼은 널렸다. 솔직히 어중간한 책보다는 잘 만든 온라인 콘텐츠가 낫다. 책은 읽기 위한 용도가 아니라 수집품으로서의 역량을 강화해 살아남으려 애쓰는 중이다.

둘째, 짧은 텍스트. 트위터 전성기부터 우리는 짧은 글에 매료됐다. 셋째는 SNS의 주요 키워드인 나, 공감, 위로, 힐링, 소통이다.

나의 책 출판기로 돌아가 보자. 팔로워 500명 다음으로는 제목 선정이 난관이었다. 나는 처음에 '불완전하게 완전해지다'라는 제목을 거절했다. 간지러운 글에 경련을 일으키기 때문이다. 편집자에게 간곡한 메일을 보냈다. "술 먹는 내용이 많으니 '드렁큰 남미'가 어떨까요?" 편집자는 간곡히 답변했다. "작가님, 요즘엔 힐링과 위로의 코드가 필수랍니다."

그렇게 나는 '불안전하게 안전해지다'로 종종 잘못 발음되는 책 제목을 얻었다. 그의 선택이 옳다. 여행 에세이를 펼치는 주요 이유는 휴식이자 힐링이니까. 온라인 서점 예스24의 '2019 상반기 출판 트렌드 키워드'를 보자.

#책으로_배우는_유튜브 #유튜버셀러 #쓸모_있는_인문교양서 #여전히_에세이 #나를_위로하는_시 #젊은_시인들 등.

나만 해도, 보노보노가 "도와주고 싶었어. 하지만 돕지 못했지. 그런 슬픔만이 쌓여간다"라고 말해서 울어버렸다. 우리는 다 아프다. 그래서 이런 책이 팔려나간다. 베스트셀러나 질투하는, 시대에 빗나간 나를 반성하며 글을 마무리하고 싶다. 하지만, 지금의 베스트셀러에 공통된 걱정거리는 있다. 독자의 책 결정권이 취약하며, 이를 돕는 플랫폼이 아사했다는 것. 책을 살 때 본인이 직접 선택한다는 이들은 30% 미만이다. 광고나 추천 도서, 지인 등 무언가에 의존해 책을 골랐는데 베스트셀러 목록이나 유명인의 의견을 따른다는 비율도 30%다. 안희곤 대표도 이 문제에 공감한다. "인문·사회과학 분야에서도 유명 저자의 책이 일시적으로 인기를 얻기도 하지만, 내용에 기반을 둔 게 아니기에 일회성 구매로 끝나곤 해요. 독자의 '능동적 발견'이 중요합니다."

유시민이 〈알쓸신잡〉에 나와 추천하며 베스트셀러가 된 『랩걸』이 과연 몇 명에게 감동을 줬을까. 개인적으로 굉장히 좋은 책이라 생각하지만, 과학자, 나무, 성장, 딸이라는 키워드에 대한 관심 대신 유시민을 보고 산 이들은 얼마나 감동을 얻었을까. 명사가 추천했거나, 아이돌이 읽었다는 책을 읽음으로써 오히려 독서 상실감을 불러올수 있다.

덧붙이자면, 독자의 '능동적 발견'을 조력할 서평도 아사한 상태다. 전문가 아닌 일반 독자의 서평 문화도 중요하다. 열 명 중 일곱 명은 사람들과 독서 관련 대화를 하지 않는다. 독서 프로그램에 참여한 경험이 있는 성인은 전체의 5.3%다. 장강명 작가는 『당선, 합격, 계급』에서 "읽고 쓰는 공동체의 일원이 많을수록 좋은 사회"라며 자신의 책 리뷰를 많이 써달라고 부탁한다. 그는 "서평이 이 소중한 공동체를 위해 중요한 역할을 할 수 있다고 믿는다. 아주 짧은 서평이라도, 그리고 악평이라도 그렇다"고 덧붙인다. 안희곤 대표도 비슷한 해법을 희망한다. "독서를 나만의 '외로운 행위'가 아닌 '공감의 행위'로 바꿔야 해요. 같은 눈높이를 가진 독자들이 서로에게 책 읽기를 강제하고, 그 책을 함께 공유하는 '함께 읽기'를 더 시도해야죠."

*글의 통계는 2017년 국민독서실태조사를 참고했습니다.

강의 킬러의 탄생

"회사를 그만두면 나을 거야."

스트레스성 질병으로 몸져누운 동료 A가 말했다. 지나치게 따뜻해서 달큰한 냄새가 나는 병실에서 내가 물었다.

"우리, 이대로 괜찮을까?"

늘 불안했다. 답을 구하는 대신에 몰두할 다른 흥밋거리를 찾았다. 잦은 모임, 술, 운동, 취미 등. 이것들은 공사장의 가림막처럼 임시였다. 갑자기 켜진 꼬마전구처럼 스스로에게 물었다. 잘 살고 있는 거지?

공부란 걸 한번 해보기로 했다. 남산강학원에서 하는 '동의보감+사기' 강의를 신청했다. 이곳은 『적당히 벌고 잘 살기』란 책에서 알게 됐다. 저자 김진선은 긴 직장 생활 끝에 장시간의 노동, 경쟁 그리고 소비로 이루어진 삶에 회의를 느꼈다고 했다. 나도 그런데! 그녀는 용인에 있는 문탁네트워크라는 인문학 공동체에서 공부를 해오다, 남산강학원의 사주역학 강의를 들으면서 삶이 변했다고 했다.

남산강학원은 남산 언저리에 있다. 가보니 수강생의 절반이 삼십 대 여성이었다. 저녁 일곱 시 수업에 늦어 택시에서 헐레벌떡 내리는 직장인, 퇴직자, 학생 등 다양한 사람이 모였다. 세 시간짜리 강의라 조를 짜서 돌아가며 간식을 준비했다. 우리 조 팀원은 "몸에 안 좋은 음식보단 떡과 귤을 10인분씩 사죠"라고 능숙히 지휘했다. 수강한 지 오래된 듯 보였는데, 역시나 사주명리학과 음양오행을 일 년간 마스터하고 동의보감을 듣는 거라고 했다. 그러고 보니 좌식 책상에서 내가 이십 분마다 몸을 비틀 때, 발 한 번 저리지 않는 듯 꼿꼿하던 우등생이다.

자기소개 시간에 각자 공부하는 이유를 밝혔다. 어제보다 나은 삶을 살려고, 마땅한 롤 모델이나 대안이 없고 공부가 답인 거 같아서 등 원론적인 답이 이어졌다. 내 옆자리의 수강생은 강의 킬러였다.

"이십 대를 위한 청춘 콘서트는 못 가겠더라고요. 거기 나온 멘토 중에 내 또래가 많아요. 솔직히 그 사람도 저랑 같은 고민 할 걸요. 그래서 더 원론적인 인문학이나 철학 강의를 꾸준히 듣죠."

다들 나처럼 불안하구나 싶었다. 선생님은 '어떻게 살지에 대한 총체적 무지, 시쳇말로 답 없음'에 절망한 이들이 많이 온다고 했다.

강의는 주 1회, 세 시간씩 8주 과정이었다. 수강 초반엔 뿌듯했다. 동의보감의 원리와 사마천의 역사관을 들으니 인생이 보이는 것도 같았다. 수강생끼리 하는 토론도 재밌었다. "제나라 때 익살꾼이었던 순우 곤은 직언이 아니라 유머로 왕의 태도를 바꿨다지. 역시 유머가 삶을 변화시켜"라는 식이다. 하지만 동의보감과 사기를 어떻게 8주 만에 배우겠는가. 선생님은 "강좌를 들을 뿐 아니라, 자기 생각을 정리하고 꾸준히 공부하라"고 강조했다. 강의가 끝나는 날 밤 열 시에 따로 모여 세미나를 하는데, 다음 날 출근할 생각을 하면 그렇게까진 못했다.

그때 이후로 동의보감 공부는 멈췄다. 겨울이 되면 친

구에게 "동의보감 왈, 감기는 목 뒤에서 오는 것이라니 목도리를 두르라", "기의 흐름상 겨울에는 나대기보다 집에 있으라"라는 어쭙잖은 권유나 한다.

가끔 '잘 살고 있는 걸까' 하는 금기의 의문이 찾아오면 책이나 강의를 검색한다. 나도 강의 킬러가 됐다. 안다. 뭐라도 하고 있다는 자위로 현실의 불안감을 감추고 있음을. 하지만 눈 가리고 아웅이라도, 함께 강의를 듣는 사람들을 보면서 동질의 위로를 받는다. 나만 불안한 게 아니고, 나만 좋은 말을 찾아 헤매는 것이 아니라고.

이렇게 궁상맞아도 돼요

유방암 조직검사를 며칠 앞둔 밤이었다. 침대에 누워 휴대폰으로 검색을 시작했다. 발병 이유, 증상, 후유증, 좋은 병원, 명의 등을 팔목이 시릴 만큼 들여다봤다. 불확실한 정보에 더 불안하고 우울해졌다.

그러다 유튜브에서 어느 암 환우의 영상을 봤다. 나처럼 젊은 직장인 여성이었다. 그는 '암 환자 가발 리뷰', '암 진단 후 멘탈 극복하기' 같은 제목의 영상을 제작해 올렸다. 유튜브 알고리즘은 비슷한 콘텐츠로 나를 이끌었다. 뷰티 크리에이터 A는 항암 탈모 과정을 업로드했다. 그는 가발을 쓰고 여전히 메이크업 영상을 제작한다. 이들 콘텐츠는 병원 홍보가 깔린 후기도 아니고, 감동 추구 다큐멘터리도 아니다. 병명만 다를 뿐 모두가 아픈 지금, 어떻게 살아내는지 보여주는 진짜 이야기다. 이 영상들의 조회 수는 꽤 높다. 남 일 같지 않은 암이라는 병 때문이기도 하지만, 어려운 상황을 솔직하게, 거창하지 않게 말하는 그네들에 빠져든 것이다.

사진가 B의 채널도 그러하다. B의 어머니는 2016년에 뇌종양 투병을 하다 돌아가셨고, 그녀 역시 암 진단을 받았다. 그는 다른 암 환자를 인터뷰해 영상을 업로드한다. 병과 싸우는 두 명의 여성이 차를 마시며 지금 가장 해보고 싶은 것, 나를 위해 노력하는 것 등에 관해 이야기한다. 그것은 환자들의 대화이기도 하지만, 우리 모두의 생은 한 번이고 언제 죽을지 불확실하기에 잊고 살던 가치를 환기한다. 진실한 이야기는 영상 기술이나 꾸밈 없이도 가닿는다. B는 내게 이렇게 말했다. "자신의 아픔을 있는 그대로 세상에 드러내면 더 이상 아픔이 되지 않아요."

암환자 C의 인스타그램 프로필에는 항암 수술 날짜와 남은 치료가 쓰여 있다. 그는 원래 SNS를 하지 않았다. 하지만 어린 나이에 암 진단을 받고 기댈 곳이 없어 인스타그램을 시작했다고 했다. "저 여기 있다고, 이렇게 살아간다고 알리지 않으면 무서웠어요."

우리가 그나마 솔직하고 위로받는 곳은 일기장이고, 그 일기장이 요즘은 유튜브 개인 채널이나 여타 SNS다. 그들은 타인과 아픔을 공유하고 자신이 위로받듯, 선한 영향을 세상에 주고 싶어 했다. B와 C 역시 자신의 이야기를 털어놓는 것을 넘어 다른 이에게 도움을 주고 싶어 했다.

"또래 암 환자에게 작은 용기로 큰 힘을 주고 싶어 영상 제작을 시작했어요."

"다른 환자의 인스타그램을 보면서 힘을 냈기에, 저 또한 투병기를 있는 그대로 쓰면서 병에 걸렸다는 게 구체적으로 무엇인지 말하고 싶어요."

우리는 타인의 잘나가는 라이프스타일 관람에 조금 질려버렸다. 적어도 나는 그렇다. 명품 하울이 지겹고 뽀얀 조명도 싫다. 아름다운 환상은 이제 충분하다. 진짜 이야기를 듣고, 하고 싶다. 부러움이 아니라 공감을 유발하는 이야기 말이다. 우리는 사회를 살아가면서 진실을 거의 듣지 못한다. 친구와의 공허한 대화, 직장에서의 불통에 지쳤는데, 또 어떤 환상에 젖는다면 어디에서도 쉬지 못한다.

요즘 유튜브에서 인기를 얻는 채널도 그런 맥락이다. 직장인 D가 15평 1억 4천만 원 전세 대신 4평 4천만 원 전세를 구하는 과정은 조회 수 150만을 넘겼다. 친구가 집에 놀러 와 "우아, 좋다"라고 말하는 걸 듣고 싶어 십 년간 돈을 모았으나 비싼 집값에 좌절한 경험은, 부동산 제국의 약자들에게 호응을 받았다. D는 '30대 미혼남 한 달 영수증 살펴보기', '퇴사 이야기' 등도 올렸는데 "이렇게 궁상맞아도 되냐"는 댓글이 달릴 정도로 솔직하다. D는 이렇게 말했다.

"누군가는 제 영상을 보며 '나만 이렇게 사는 건 아니구나' 하며 두렵지 않을 거예요."

재미있게도, SNS와 유튜브는 우리를 한참 허탈하게 만들었지만, 이런 식으로나마 진짜 대화가 가능함을 보여준다. 옆에서 살갗을 부딪치는 생명체와 대화한다면 좋겠지만, 그것이 어렵다면 이렇게 타인의 진실을 들으며, 전해지진 않아도 진짜 마음의 대화를 하고 싶다.

3장.

잡지의 신이시여,
듣고 있습니까

그렇게 하고 싶던 일

고등학교 때 잡지를 많이 봤다. 《쎄씨》, 《키키》, 《유행통신》, 《신디더퍼키》, 《에꼴》 등 십 대와 이십 대를 겨냥한 한국 잡지들이 날리던 때다. 패션, 연애 상담, 연예인 인터뷰까지 있는, 사전만큼 두꺼운 잡지들! 배우 배두나, 김민희, 신민아, 전지현이 이들 잡지의 커버로 데뷔했거나 단골 모델이었다. 나도 《쎄씨》에서 일한 적이 있는데, 당시 편집장은 "나 때(라떼)는 말이야, 김민희와 배두나만 모델로 섭외하면 그 화보는 무사통과였어"라고 했다.

수능을 친 날에도 잡지를 사러 갔다. 4교시 시험까지 마치고 어둑한 운동장을 빠져나오니 아버지가 기다리고 계셨다. 같이 스파게티를 먹은 다음, 서점에서 잡지를 사달라고 했다. 《에꼴》과 《쎄씨》가 손에 쥐어졌다. 한 번에 두 권이나! EBS에서 수능 정답과 내 답안지를 맞춰보기도 전에 나는 두 잡지를 보며 '대학교에 가면 이렇게 입어야지' 하고 시뮬레이션 했다. 지금까지 언급한 잡지는, 모두 폐간됐다.

　또 기억나는 잡지는 《나이고 싶은 나》다. 이 잡지 아시는 분? 고등학교 앞에 있는 서점에서 제목이 마음에 들어 샀다. 두께는 《페이퍼》와 비슷하게 얇았다. 당시에도 유명했던 《페이퍼》는 수채화 같은 감성으로 팬을 보유한 잡지였는데, 《나이고 싶은 나》는 선생님이 보면 혀를 차시지만 '닮고 싶은 친구 같은 잡지'였다. 아직도 기억나는 페이지는, 임신중절수술을 한 고등학생이 훌훌 털고 일어나 햄버거를 사 먹으러 갔다는 에세이, 윤락가에 있던 여성의 심경 고백이다. 《나이고 싶은 나》의 에디터들은 무엇을 하고 있을까? 광고가 잘 붙지 않는 에세이 형태의 잡지는 살림살이가 어려웠을 텐데. 좋은 잡지였다고 그들에게 말해주고 싶다.

　나는 어쩌다 잡지 기자가 되었을까? 초등학생 때의 꿈

은 만화가였다. 장래 희망이 만화가라고 했더니 어머니께서는 별 반응이 없으셨다. 그래서 그 꿈이 싫으신가 했다. 아버지는 내가 차라리 작가가 되길 바라셨다. 초등학교 3학년 때, 군에서 여는 백일장에서 내가 장원을 한 뒤로 그러셨다. 용돈을 아껴 쓰자는 교훈적인 내용을 써서 상을 받았던 것 같은데… 후에 학교 대표로 백일장에 몇 번 나갔지만, 장려상 한두 번이 다였다.

중학생 때에는 문예부도 들고 글쓰기 노트도 만들었다. 유성펜으로 눌러쓰면 노트가 볼록 부푸는 게 좋았다. 고등학교 때까지도, 뭐 어찌어찌 작가가 될 줄 알았다. 그런데 대학교에 가 보니, 작가로는 먹고살기 힘들 것 같았다. 그리고 뭔가… 작가는 놀지 못할 거 같았다. 이런저런 경험을 할 것 같은 잡지 기자에 왠지 더 끌렸다(솔직히 말하면 뭔가 있어 보여서 그 직업을 갖고 싶었다).

대학교 4학년 때 기자 아카데미에 다녔다. 대학로 마로니에 공원 뒤에 학원이 있었다. 잡지 기자나 신문 기자가 와서 특강을 했다. 기사 기획하는 법, 사진 잘 찍는 법, 심지어 편집 디자인까지 배웠다. 그리고 넉 달의 수강 기간이 끝날 즈음 부원장님께서 부르시더니, 《네이버》라는 잡지에 자리가 났다고 말씀해 주셨다.

"그 네이버요?"

"아니, 그 네이버 말고 N.E.I.G.H.B.O.R. '이웃하다'의 네이버."

"아 그래요?(잘 모름)"

"좋은 잡지야. 정식은 아니지만, 곧 될 거야. 그리고 월급은…."

(연필로 뭔가 쓰시는데, 저거 혹시 90만 원인가?)

"괜찮겠니?"

"네! 좋아요!"

어떻게 좋아할 수 있냐고? 나는 대학교 3학년 때 시사 월간지인 《월간 중앙》에서 인턴을 했다. 그때 대학생 삼십 여 명이 인턴을 수료했고, 나는 남아서 몇 달 더 일했다. 월급은 0원. 그래도 이름 있는 시사지에서 일하는 게 좋았다. 삼십 명 중에 내가 뽑혔다고요(그냥 선착순일 뿐이었다)! 선배들이 점심, 저녁, 술도 사주신다고요(기자 월급 뻔한데… 지금도 감사하다)! 주 업무는 선배들의 인터뷰 음성 파일을 문서화하는 거였다(귀에서 물 나오는 줄 알았다). 국회의원 129명에게 설문지를 돌리다가 엄청 울기도 했다(설문지에

답하기 싫으면 하지 말지, 왜 인턴에게 화를 낼까).

당시 한 젊은 여자 선배가 물었다.

"나랑 씨는 기자가 그렇게 되고 싶어요?"

"네. 그런데 일해보니 여기는 안 맞는 거 같고, 패션지가 재미있을 것 같아요!"

"저도 나랑 씨 때는 좋아하는 일 하면서 월급도 받아서 너무 기뻤죠."

"맞아요! 저 한 달에 백만 원만 받아도, 아무도 안 보는 《월간 자판기》에 들어가도 좋을 것 같아요!"

그런데 진짜 90만 원이라니. 이래서 말을 함부로 하면 안 된다.

아무튼, 그렇게 해서 《네이버》에 상근 에디터로 입사했다. 상근 에디터가 뭐냐 하면, 4대 보험은 되는데 정직원은 아닌 자리. 그렇다고 아르바이트는 아니기에 정직원의 책임과 의무는 수행해야 하는 자리. 선배 일을 도와가며 내 일도 하는 묘한 자리다. 선배나 후배나 상시 근무하는데, 상근 에디터라는 직함을 왜 별도로 쓰는지 아직도 모르겠다.

이상, 일반적인 케이스라고는 말 못 하지만 내가 에디

터가 된 사연의 요약이다. 일단 기자가 되기로 마음먹고 나서 시사지의 인턴을 했고, 기자 아카데미를 다녔고, 그 아카데미에 다녔던 어떤 기자가 막내 기자(라는 묘한 자리)를 추천해 달라고 원장님께 부탁했고, 원장님은 그날 출석한 나를 어쩌다 보니 추천했다. 그렇게 면접을 봤고, 일주일 뒤 출근했다.

픽쳐가 아니고 features 에디터라고요

소개팅 자리가 막 시작된 상황. 그와 나는 통성명 중이다.

"패션 잡지에서 일하신다고요."

"네."

"패션 기자면 옷 잘 입으시겠어요."

"별로요. 그리고 저 패션 기자가 아니고 피처 에디터예요."

"사진 잘 찍으시나 봐요?"

"아뇨, 픽처 말고 피이(앞니로 입술을 깨물고 f 소리를 내며)처요. 특징, 특징으로 삼다란 뜻의 feature요."

"…그래서 피처 에디터는 뭘 하는 건데요?"

(다음 주제로 넘어가고 싶을 경우) "패션이랑 뷰티 빼고 다 해요."

(설명하고 싶을 경우) "음, 그건 잡지에 따라 다른데 말이죠. 보통 잡지의 읽을거리, 즉 콘텐츠를 만드는… 어쩌고 저쩌고…."

사람들은 에디터는 알아도 피처 에디터는 잘 모른다. 보통 패션 잡지에는 세 가지 분야가 있다. 패션, 뷰티 그리고 피처. 간혹 리빙 파트가 따로 있기도 하고 요즘엔 디지털 에디터라는 분야도 부상 중이다. 잡지사마다 다르지만 보통 이렇다.

돌아와서, 나는 피처 에디터다. 패션, 뷰티, 피처 선배들을 모두 돕던 신입 때부터 나는 피처 에디터가 되고 싶었다. 왜냐고? 글을 쓰고 싶었기 때문이다.

그러면 피처 에디터만 글 쓰는 일을 하는가? 패션, 뷰티, 피처 에디터 모두 글을 쓰지만 그중 피처 에디터가 많이 쓰는 편이다. 글 못 쓰는 피처 에디터는 뭐랄까… 직무 유기? 아, 그럼 나는 직무 유기네(그래도 노력 중이니 봐주길). 그러니까 하고 싶은 말은, 글쓰기는 피처 에디터의 기본이다. 능력이 아닌 기본.

내가 하는 일을 살펴보면 대략 이렇다.

이달에는 화제의 코미디언을 인터뷰하기로 했다. 독자들이 궁금해하는 스타라 인터뷰하는 거지만, 스스로 이 사람을 왜 인터뷰하는지 정리해 본다. 기울어진 운동장에서 여성 코미디언으로서 살아남은 저력이 궁금해 그것을 중점적으로 소개하기로 한다. 소속사에 전화를 걸어 섭외를 한다. 사진을 어떻게 찍을지 고민한다. 어떤 옷을 입히고 어떤 조명 아래서 어떤 모습을 부각시킬 것인지 사진가와 상의한다. 인터뷰를 위한 자료 조사를 시작한다. 그의 지난 인터뷰를 읽고, 뉴스도 검색해 보고, 출연한 작품들을 다시 보고, SNS에도 들어가 본다. 궁금한 점들을 질문지로 작성한다. 이때 앞서 정한 인터뷰의 주제에 맞는 질문과 더불어, 예상치 못한 모습을 끌어낼 수 있는 질문들(요즘 관심 가는 뉴스는 무엇인지, 가장 오래된 기억은 무엇인지)도 적는다. 질문지대로 인터뷰가 흘러가기 힘들지만 언제나 넉넉히 준비한다. 코미디언을 만나 사진 촬영과 인터뷰가 끝나면, 그것을 글로 정리한다.

여러 '트렌드' 기사도 준비한다. 예를 들어 이번 달은 사람들이 건강에 관심을 많이 두는 시기로, 케일 이후 부상한 녹색 음식 재료에 관한 기사를 써야 한다. 새롭게 뜨는 레스토랑을 취재하고, 노브라를 해온 십 년간의 소회, 셰어하우스 유행의 장단점을 분석하는 비평 칼럼도 쓴다.

단편적인 사례만 늘어놨지만 피처 에디터라는 사람을 이해하는 데 도움이 될까 싶어 적어보았다. 어떻게 피처 에디터를 더 쉽게 설명할 수 있을까? 솔직히 나는 누군가 피처 에디터는 무슨 일을 하느냐고 물어 오면 명확히 답하지 못한다. 자꾸 말이 길어지고, 자리를 어색하고 지루하게 만들어 버린다. 패션 에디터의 패션, 뷰티 에디터의 뷰티는 그 이미지가 명확하지만 피처 에디터는 뭐든 포괄하는 것 같으면서도 그게 뭔지 잘 모르겠는 느낌이다.

그래도 소개팅에 나가서 상대가 정말 마음에 들었을 때, 그가 진심으로 내 직업을 궁금해하면 나는 이렇게 정돈해서 말하겠다.

"저는 저희 잡지의 독자층이 관심 있어 하는 주제를 취재하고 글로 씁니다. 또 그들이 좋아하는 인물을 인터뷰하는 업무도 많습니다. 때론 독자가 미처 알지 못할 테지만 알아두면 좋을 것, 새로운 사람을 발견해 기사화합니다. 자꾸 독자, 독자 하지만 사실 제 취향과 관점이 바탕이

에요. 결국엔 제가 궁금한 거, 보고 싶은 거, 신기한 거, 의미 있다고 생각하는 거를 찾더라고요. 그래서 일단 제가 괜찮은 사람이 되어야 해요."

청경채가 뭔데요?

솔직히, 대충 때우자는 생각으로 기사를 쓴 적이 있다. 모든 기사에 영혼을 담을 수 없다고 합리화하며. 영혼까진 아니어도 기본은 지켜야 했는데, 그러지 못했다.

막내 기자 때 '청경채 사건'이 일어났다. 나는 매달 미식가가 추천하는 레스토랑들을 소개하는 기사를 맡았다. 약 서른 개의 레스토랑에 대해 각각 네다섯 줄 정도의 글로 짧게 소개하고 사진이 한 장 들어가는 구성이었다. 당시의 나는 기사를 '치우는' 기분으로 마감했다. 고작 몇 줄 쓰려고 동서남북으로 레스토랑을 취재하러 다니려니 짜증이 났다. 발로 걷는 취재가 얼마나 재미있는지, 그때는 몰랐다(과거의 자신에게도 '라떼' 조언을 하는 나).

'○○○이 추천한 탕수육과 청경채'란 기사 제목을 본 선배가 한마디 했다.

"너, 청경채가 요린 줄 알지?"

그렇다. 나는 청경채가 뭔지 몰랐다. 선배는 청경채는 음식 재료이니 메뉴 이름을 다시 확인하라고 했다. 지금도 그 초록 잎을 보면 그때 생각이 난다. 모르는 이름을 기사에 당당히 쓰는 무식과 뻔뻔함이라니. 나는 어떤 인간인가?

에디터가 모든 걸 다 알지는 못한다. 그렇기에 해당 분야의 전문가를 취재하고 기자의 식견으로 정리해 독자에게 소개하는 것이다. 그런데 스스로도 알지 못하는 소리를 기사에 지껄였다니, 창피했다.

지금도 유혹에 빠진다. 잡지사에서 일하면 보도자료라는 것을 자주 전해 받는다. 물건이면 그 물건을 소개하고, 전시면 그 전시와 작가를 소개하는 설명서다. 보도자료는 발신처의 입장을 정리한 내용이니 허점이 있다. 세계 최고의 커피 브랜드라 해도 그저 자기네 생각일 수 있다. 세계적인 럭셔리 호텔 중 한 곳으로 뽑혔다 해도 선정 출처가 없기도 하다. 와인에서 오크향과 말린 자두 향이 난다고 써줘도 직접 맡아보지 못했으니 알 수 없다. 하지만 마감에 쫓겨 와인 향 정도는 보도자료를 믿고 기사에 쓴다. 잘못이다.

기자를 하다가 지금은 문화 비평가로 활동하는 선배가 이런 일화를 들려줬다(그분의 프라이버시를 위해 김동수란 가명을 쓴다). 어떤 기사에 "김봉수 비평가는 해당 작품을 호평했다"라고 그의 이름이 잘못 나온 일이 있었다. 그런데 순식간에 같은 내용으로 열댓 개의 기사가 줄줄이 인터넷에 떴다. 김동수가 아닌 김봉수로. 기자들이 해당 비평가의 이름도 모르고, 그런 말을 했는지 확인도 없이 기사를 베껴 쓴 것이다. 일이 많다는 핑계는 안 된다. 그냥 기본이 안 된 거다.

적어도 모르는 건 쓰지 않으려고 한다. 이것도 잘못이긴 하다. 모르면 알려고 노력해야 하는데…. 오늘도 자괴감이 든다.

잡지를 만드는 사람들

회사에 출근하면 로비에서 출입 카드를 찍고 엘리베이터를 기다린다. 《보그》는 건물 9층에 있다. 9층에는 《더블유》라는 패션 잡지도 있다. 3층에는 《지큐》와 《얼루어》가, 10층에는 《갤러리아》가 있다. 모두 우리 회사에서 발행하는 잡지들이다.

엘리베이터에서 내려 조용히 내 자리로 가 앉는다. 출퇴근 시간대의 사무실은 조용하다. 늦는 사람도 있고, 출근 직후엔 다들 컨디션이 그리 좋지 않아서다.

내 옆자리에는 파티션을 사이에 두고 피처 디렉터가 앉아 있다. 우리 피처팀은 세 명이다. 왜 이렇게 적냐고? 요즘 패션지의 피처 에디터는 둘에서 많아야 다섯 정도다

(슬프다). 뒤에는 뷰티 에디터 세 명이 앉아 있다. 그 뒤에는 패션 팀인데, 《보그》가 패션지인 만큼 아무래도 패션 에디터가 제일 많다. 출장과 외근이 많다 보니 전원이 자리에 앉아 있는 경우는 거의 없다.

안쪽에는 편집장의 방이 있다. 방의 모습은 영화 〈악마는 프라다를 입는다〉 속 편집장 미란다의 방과 비슷하다. 맞은편에는 디지털 팀이 있다. 《보그》의 SNS, 유튜브, 홈페이지에 올릴 기사를 취재하는 에디터들이다. 그 옆에는 우리의 기사와 사진을 예쁘게 편집해 주는 디자이너들이 있다. 나의 미진한 기사를 척척 마법처럼 멋지게 편집해 주는 사람들이다. 흔히 '레이아웃을 잡는다'고 하는데, 잡지 지면에 글과 사진을 어떻게 배치할지, 어떤 폰트를 쓸지 등을 고민한다. 디자인이 중요한 기사일 경우 디자이너와 기획부터 함께하기도 한다. 잡지에서 편집디자이너의 역할은 너무나 중요하다. 이들에 대해 자꾸 말이 길어지는 이유는 내가 매번 원고를 늦게 넘겨 죄송하기 때문만은 아니다(정말이다). 내 기사를 살펴 디자인 방향성을 고민해 주는 그들은 편집장에 이은 내 두 번째 독자이기에, 고마우면서도 두려운 존재다.

옆 사무실에는 광고팀이 있다. 보통 패션 잡지는 판매 부수로 수익을 기대하기 어렵다. 해봤자 한 권에 7천 원을 넘기지 않는 데다, 사실 사람들이 잡지를 잘 사 보지 않기 때문이다. 유명한 아이돌 스타가 커버 모델이어야 그나마 좀 팔린다. 그게 현실이다. 광고 수익이 중요하다. 가끔 사람들은 이렇게 불평한다.

"광고만 있고 볼 게 없던데요."

그러나 광고와 패션 잡지는 뗄 수 없다. 브랜드 광고는 단순히 돈을 버는 창구가 아니다. 어떤 광고가 실리느냐에 따라 그 잡지의 성향을 파악할 수도 있다. 대부분의 패션 잡지는 애초에 상업적 가치와 문화적 가치를 함께 추구한다.

광고팀 옆에는 재무팀이 있다. 매달 잡지를 만들면서 쓰는 돈, 스태프 비용, 원고료, 밥값 등을 정산한다(종종 계산이 틀려서 불려 간다). 진행비를 줄이라는 재무팀과, 이보다 더 줄일 수는 없다는 편집부의 눈치 게임은 늘 벌어진다. 빠듯한 살림을 꾸려야 하는 편집장이 아마 제일 머리 아플 거다.

그리고, 외부 스태프들이 있다. 잡지 에디터만큼이나

중요한 분들이다. 에디터는 이 훌륭한 스태프들과 함께 기사를 만들어 낸다. 먼저, 사진가. 보통 잡지사는 특정 스튜디오와 연간 계약을 맺어 사진 촬영을 한다. 물론 해당 이미지를 멋지게 촬영해 줄 사진가를 따로 섭외해 작업하기도 한다. 패션 화보를 찍는다고 가정하자. 모델이 필요하다. 그 모델의 메이크업을 하고 헤어를 만져줄 아티스트가 필요하다. 때론 그 모델의 스타일링을 하는 스타일리스트도 있다. 화보 컨셉이 '늑대와 함께 춤을'이라면 그 늑대와 춤출 무대를 구현하는 세트 스타일리스트도 있다. 만약 해외의 어느 외딴 섬에서 촬영을 한다면 그 섬의 어디에서 촬영하면 좋을지 안내하는 스태프가 있고, 유명 스타를 촬영한다면 그 스타의 섭외만 담당하는 사람도 있다.

한 권의 잡지가 나올 수 있는 것은 열 명 내외의 편집부 인원과 더불어 수많은 외부 스태프들 덕분이다. 결국, 어떤 일이든 '사람'이 가장 중요하다. 능력 있고 좋은 스태프(사람)를 발견하고 연을 이어가고 공동의 목표(기사)를 한마음으로 일구도록 이끄는 것이 내가 가장 잘하고 싶은 부분이기도 하다. 역시 혼자 사는 삶은 불가능하다.

맞춤법의 늪

한창 썸을 타던 남자에게서 맞춤법이 심하게 틀린 문자들을 받았다.

"이번엔 어떤 연애인 만났어요?, 그렇군아, 생명을 다 받처, 목아지가 위태로워요…."

아, 깬다.

나라고 비웃을 처지는 아니다. 잡지사에는 맞춤법과 비문을 봐주는 교정 선생님이 게시는데, 그분도 내 글을 보면서 말씀하시겠지.

"얘는 몇 년이나 이 짓을 했는데 이런 맞춤법도 틀리지?"

글자는 생명과 같다. 살아 움직인다. 짜장면이 표준어로 받아들여진 것처럼, 우리가 쓰는 방식에 맞춰 변화한다. 십 년 전, 교정 선생님은 내 기사에서 '옴므 파탈'을 '옴 파탈'로, '랍스터'는 '로브스터'로 수정해 주셨다. 외국어를 우리말로 옮길 때의 규칙에 따른 것이다. 이젠 랍스터와 로브스터 둘 다 쓸 수 있고, 옴므 파탈은 규범 표기법이 아니나 독자의 혼란을 막기 위해 내부적으로 약속하여 쓰기도 한다.

기사가 나오면 교정 선생님이 적게는 한 번, 많게는 세 번까지도 글을 봐주신다. 기사에 틀린 글자를 빨간 펜으로 고쳐주시는데, 수정이 많으면 '딸기밭'이라고 한다. 굉장히 창피한 일이다.

가끔 교정 선생님들은 틀린 글자뿐 아니라 비문, 그러니까 어색한 문장을 고쳐주시기도 한다. 한 선배가 인터뷰 기사의 제목을 "가을이 가면 가을이 가고"라고 지었는데, 교정 선생님이 빨간 펜으로 "가을이 가면 겨울이 오고"로 고치셨다. 가을이 가면 겨울이 오는 게 맞지만, 선배의 가을가을한 제목은 다른 의미를 품고 있었을 거다. 이건 특별한 경우이고, 대부분 교정 선생님의 말씀을 듣는 편이 낫다. 그런데 때로 교정 선생님과 기 싸움을 하는 선배도 있다.

자신감이 넘치는 기자는 "제 글은 고칠 거 하나도 없죠?"라고 말하는데, 나도 그런 말 해보는 게 꿈이다. 내가 속한 회사만 해도 네다섯개의 잡지를 발행하는데 그 잡지들의 마감 기한이 거의 비슷해서, 각 잡지의 교정 선생님들이 비슷한 시기에 출근하신다. 덕분에 그분들도 오래도록 얼굴을 보는 사이로 종종 모임을 하시는데, 그때 어떤 기자가 글을 잘 쓰는지 또는 수준 이하인지 얘기를 나누시지 않을까 상상해 본다(내 이름이 오를까 봐 두렵다). 그러니 더 잘해야 하는데, 솔직히 고백하자면 교정 선생님을 믿고 헷갈리는 맞춤법은 확인하지 않고 넘기는 경우가 있다. 이런!

글을 멋들어지게 쓰기 전에 이런 기본부터 갖춰놔야 한다. 아, 그 기본 나는 언제 갖추려나. 이번 달도 교정 선생님께 아부의 초콜릿을 갖다 드려야겠다.

〰〰〰〰

어떻게 에디터가 되었냐면

잡지 업계에도 공채가 있(었)다. 잡지사가 해마다 몇 명의 신입 에디터를 뽑던 시절. 그 시절⋯은 사라져 가고 있다. 잡지를 발행하는 회사는 크게 서너 곳이 있는데 몇 년째 그들은 공채를 진행하지 않는다. 있더라도 어쩌다 한두 명이 채용된다. 잡지가 많이 폐간돼 자리가 부족하고, 신입보다는 경력직을 선호하기 때문이다.

잡지사는 '도제식'이 많다. 나도 상근 에디터 혹은 상근 어시스턴트로 불리는 자리로 일을 시작했다. 말이 상근이지, 선배들의 업무를 도우며 일을 배웠다. 선배가 촬영을 진행할 물건을 정리하면서 촬영은 이렇게 하는 거구나, 이런 물건은 여기서 빌리는 거구나, 했다. 기사를 배당받으

〰〰

면 선배들에게 물어가며 쳐냈다. 7개월 정도를 그렇게 생활했다. 그때만 해도, 정식 기자가 되고 싶었고 비정규직에서 정규직으로 가고 싶었다. 전화를 받으면 보통 상대는 나를 "기자님"이라고 호칭했는데, 그 말을 떳떳하게 듣고 싶었다. "저는 아직 정식 기자는 아니고요"라며 일일이 설명하려니 자존심도 상했다. 그때는 그게 참 중요했다 (뭔가 있어 보이고 싶어서 잡지 기자가 됐기 때문이다).

패션 에디터를 꿈꾸던 동료들은 나보다 혹독한 어시스턴트 과정을 거쳤다. 화보 촬영을 위한 수많은 옷과 액세서리를 이고 지고 나르고 반납하고, 촬영장 인원수에 맞게 밥을 시키고 숟가락을 놓고 휴지통을 비우고, 스태프들이 당 떨어질 때쯤이면 간식 심부름을 하러 갔다. 여기서 간식으로 센스를 평가받기도 한다. 수많은 사람들이 오가는 촬영장에서 포크로 다 함께 떠먹어야 하는 치즈케이크를 사 오는 것보다는, 낱개로 집어먹을 수 있는 방울토마토를 사 오는 것이 더 나은 평가를 받는달까. 아무리 한겨울이라도, 보일러 때문에 따뜻한 실내에서 일하는 스태프들을 위해 아이스 아메리카노와 따뜻한 아메리카노를 반반 섞어 사 오는 그런 센스 말이다. 안다. 우습다.

하지만 센스는 곧 일머리라는 오랜 믿음이 낳은 평가 기준이었다.

촬영이 끝나고 모두 퇴근한 스튜디오에서 마지막까지 물건을 정리하는 것도 어시스턴트의 몫이다. 어느 날, 패션 에디터를 꿈꾸던 어시스턴트 동료가 퇴직을 고민하며 말했다.

"백화점에 물건을 반납하러 가는데 내 손가락이 너무 새까만 거야. 언제까지 이래야 하나 싶더라고."

나도 패션 에디터 선배들을 도와서 반납 업무를 하곤 했다. 하루는 1억짜리 반지를 백화점에 가져가 반납해야 했다. 보통 비싼 주얼리는 '가드'라 불리는 분들이 호위하는데, 이상하게 그날은 내가 혼자 택시를 타고 가서 반납해야 했다. 택시 안에서 주얼리 박스를 움켜쥐고 앉아 있자니, 나와 기사님뿐인 택시 안이지만 누구라도 나타나서 가져가 버릴 것 같았다. 손에서 땀이 났다. 고가의 제품을 반납시키는 선배가 미웠다.

나뿐 아니라 적은 급료를 받고 고생하는 어시스턴트들의 에피소드를 풀자면 이 책을 끝마치지 못할 거다. '내가 이렇게 고생했는데 말이야' 하는 이야기를 하려는 게 아니다. 열정을 빌미로 우리를 착취했던 잡지사들과 선배들, 견딤으로써 열정을 증명한다고 믿었던 순진한 내가 더 이상 없길 바랄 뿐이다. 물론 지금은 상황이 많이 개선되어 4대 보험도 되고, 급료도 최저 시급은 지키며, 야근 없는 어시스턴트 생활을 하는 친구도 있다. 하지만 여전히 열악한 환경에 놓인 친구도 있으니 이 문제는 앞으로도 잡지계가 풀어가야 하고 꼭 풀어야 한다.

아무튼, 이런 어시스턴트의 과정을 겪다 보면 일이 익숙해지고 신입이 아닌 경력 비스름한 것을 갖춘, 좀 나은 처지에 놓이게 된다. 선배들과 정도 쌓이면서 정직원 에디터 자리가 나면 추천받을 확률이 높다. 보통 잡지사는 공채보다는 이렇게 수시 채용을 하는 편이다. 나는 운이 좋아 7개월 만에 정규직 에디터가 되었지만, 이삼 년을 어시스턴트 생활만 하다가 아예 업계를 떠나버린 친구들도 있다. 업무 능력도 중요하지만, 운이 좋게 바로 자리가 나거나 편집장 혹은 선배가 회사에 애써서 빨리 에디터가 되기도 하고, 반대로 그렇게 되지 못하는 등 '운'의 영향을 무시할 수 없다.

가끔 전설처럼 내려오는 취업 사례도 있다. 잡지에 보낸 독자 엽서의 필력이 좋아 편집장이 채용했다는 둥, 발행인에게 에디터가 되고 싶다는 장문의 편지를 써서 눈에 들었다는 둥, 잡지 회사에서 대학생 모니터링 요원을 선발했는데 그중 발군의 실력으로 뽑혔다는 둥. 이로 돌아 저로 돌아 모인 사람들이, 여기 잡지 사무실에 함께 앉아 있다.

잡지 기획의 조건

　월간지는 매달 마감이 끝나면 기획 회의에 들어간다. 기획 회의는 다음 호에 어떤 기사를 실을지 상의하는 자리다. 보통 각 에디터가 기획안을 작성하여 편집장에게 제출한다.

　문제는, 뭘 하면 좋을지 모르겠다는 거다! 다들 어디서 아이디어를 쭉쭉 뽑아내는지…. 8월호니까 여름 바캉스 특집을 해보자는 안일한 기획을 내면 안 된다. 옛날에 내가 내본 적이 있어서 안다. "무인도에 가면 무엇을 가져갈지 여러 사람에게 물어보면 어떨까요?" 하니 편집장이 이번 생은 망했다는 표정으로 답했다. "와, 이십 년 전에 내도 혼나던 기획인데…."

기획을 할 때는, 적어도 아래 요건들을 고려해야 한다.

첫째, 잡지의 성향과 독자. 각각의 잡지가 추구하는 바가 있다. 예를 들면, 내가 일했던 시절의《쎄씨》는 잡지의 컬러를 블랙으로, 주된 독자층을 이십 대로 잡았다. 십 대들이 보는 잡지라는 이미지에서 벗어나, 독자의 연령대를 높이고 잡지의 스타일을 시크하게 만들고자 했다. 거기에서 내가 '십 대들의 핫 플레이스' 같은 기획안을 낼 순 없다는 거다. 또 어떤 여성 잡지는 '일과 성(性)에 당당한 여성'을 지향하여 늘 표지에는 자신 있게 활짝 웃는 여성이 등장한다. 그런 잡지는 기획부터 '주도적인 여성'이란 정체성을 잊으면 안 된다.

잡지의 성향이라 말했지만, 결국 그 잡지의 독자층에 맞는 기획이어야 한다. 육아 잡지에서 일하는 한 선배는 "그럴 거면 이직하라"라는 말을 종종 들었다고 한다. 왜냐하면 그 선배는 자신이 관심 있는 것들, 예를 들어 '요즘 유행하는 온라인 데이트 공략법' 같은 기획을 냈다(잡지를 옮겨 달라는 시위였던 거겠죠). 아이를 키우거나 키울 예정인 독자들이 육아 잡지를 펼치며 기대하는 정보가 있다. 잡지는 독자를 먼저 염두에 둬야 한다. 그다음이 에디터 자신이다. 내가 더 우선이라면, 프리랜서 작가를 해야 한다.

둘째, 신선도. 어디에서나 흔히 볼 수 있는 내용의 기획안은 재미없다. 여름이라고 바캉스 지역 추천, 겨울이라고 난방비 절약법 소개는 따분하다. 잘못된 건 아니다. 하지만 잡지 에디터라면 보다 참신한 소재를 발굴해야 한다. 여름 휴양지 추천보다는 '요즘 환경이라는 메가 트렌드 덕분에 대나무 건축이 유행이니, 우리 독자들이 갈 만한 세계의 대나무 호텔을 소개하고 관련 건축가를 인터뷰해보자. 그 인터뷰 내용 안에 환경 이야기를 자연스레 녹이자'처럼 생각의 가지를 뻗어보면 좋다.

셋째, 시의성. 그 기사가 게재되는 호에 맞는 기획이어야 한다. 극단적인 예로, 코로나19로 시국이 어지러운데 '이번 여름 떠나기 좋은 휴가지'를 기획안으로 내서는 안 된다(너무 극단적이군…). 이를 비틀어 '코로나19가 종식되는 날, 자축하며 떠나고 싶은 꿈의 여행지' 정도는 내 볼 수도 있다.

숙련된 기자일수록 이 시의성을 예민하게 생각해야 한다. 앞서 말한 잡지의 신선도와도 연계되는 얘기다. 잡지는 뒷북을 좋아하지 않는다. 한때 한옥 열풍이 일었는데,

TV 다큐멘터리에서는 한옥에 사는 부부가 나오고, 연예인이 한옥을 짓는 예능 프로그램이 방영됐고, 신문에서 베스트 10 한옥 특집 기사까지 나왔는데, 그제야 내는 '한옥에 사는 아티스트 릴레이 인터뷰' 같은 기획은 식상하다. 이를 비틀어서 사람들이 왜 이렇게 한옥에 열광하는지 분석 칼럼을 기획할 수는 있겠다.

에디터는 광풍 전에 유행의 조짐을 알아채야 한다. 개인적으로 잡지 에디터가 유행에 가장 빠르다고 생각한다. 패션계가 한 계절 앞서 트렌드를 소개하듯, 피처 에디터들은 '어라, 이거 슬슬 유행할 것 같은데, 사람들이 좋아할 것 같은데' 하며 감을 잡아야 한다. 보통 잡지에서 한 차례 휩쓴 소재가 그다음에 TV로, 대중으로 퍼져 나간다. 오만일 수 있지만 경험상 그랬다.

넷째, 에디터의 관점. 이 직업을 좋아하는 이유는 시작과 마침표를 내가 찍기 때문이다. 무엇을 기획할지부터 기사를 어떻게 완성할지까지는 결국 그 에디터의 취향, 관점, 스타일, 능력치로 이뤄진다. '나'라는 필터로 만들어진다. 그래서 에디터는 개성이 있어야 하며, 어제보다 나은 사람이 되어야 한다. 솔직히 이전에 나는 어느 잡지를 가도 '중타'를 치는 에디터가 훌륭하다고 생각했다. 나태 는 에디터가 있으면 나처럼 잡지가 굴러가도록 평범한 기 사들을 '쳐내는' 에디터도 필요하다고 생각했다. 하지만 잡지란 그런 것이 아니다. 잡지는 훌륭한 취향과 관점을 지닌 독자들이 흡족해할 만한 프로포즈를 해야 한다. 그 런 기사를 만들려면 나댈 줄도 알아야 한다. 나서서 요란 떨라는 것이 아니라, 평균치를 하려 하기보다는 나만의 관점으로 세상을 보고 부단히 나를 움직여 좋은 기획을 건져내야 한다는 거다.

안타깝게도 나는 이를 뒤늦게 알아버렸다. 내 관점으로 무언가를 길어내 단장시키는 기쁨을 느끼고, 그것이 출판 돼 누군가에게 가 닿을 수 있다는 이 멋진 직업의 매력을, 오래도록 놓치고 살아서 안타까울 뿐이다.

내가 최종 기획안을 제출하기 직전에 스스로에게 하 는 질문은 이렇다. 이 기획이 실현 가능한가(마감에 맞춰 진행할 수 있는지, 섭외가 현실적으로 가능한지, 예산이 얼 마나 많이 드는지, 내 지성과 체력이 감당할 수 있는지 등)? 그렇지만 보통 '에라, 모르겠다' 하고 일단 제출하는 편이

다. 그리고 그런 기획이 꼭 채택이 된다. 그래서 매달 힘

든가?

잡지의 신이시여

"영화의 신이 나를 받아들여 주길 바란다."

나와 함께 근무하기도 했던 영화 저널리스트 A의 기도다. 그녀는 몇 년 전 처음 간 칸 영화제를 울며 기도하며 거닐었다. 영화를 사랑하는 간절한 마음은 영화의 신을 만들었고, 신이 기운을 복돋아서인지 그녀는 오랜 꿈인 영화감독이 되었다.

영화는 세계적으로 인기있는 분야니까, 영화의 신이란 게 있을 법도 하다. 잡지의 신도 있을까. 태국에 마사지의 신도 있으니까… 그런데 신이란 게 비는 사람이 있어야 생겨날 법도 한데, 잡지의 신을 찾는 에디터나 독자가 몇이나 될까. 나도 영화의 신에게 기도하는 A를 보고, 잡지의 신을 떠올렸을 정도니.

있는 셈 치고, 잡지의 신에게 무엇을 빌면 좋을까. 칸 영화제를 울면서 거닌 A만큼 나는 잡지를 사랑할까. 내가 만든 잡지는 잘 보지 않는다. 만들면서 틀린 글자 없나 몇 번씩 들여다봐서인지 다시 펼치기가 싫다. 인쇄가 잘 됐나 정도로 넘겨보고 만다. 그런데 남의 잡지 읽기는 즐긴다. 어쩜 이렇게 새로운 정보를 찾아내는지, 그런 기획을 생각해 내다니, 인터뷰에서 이런 질문을 던지다니 신기하고 대단하다.

한 권의 패션 잡지를 보면 그 달에 흘러가는 유행의 흐름을 알 수 있다. 패션뿐 아니라 음식, 여행, 유행하는 집 스타일까지. 그것이 단돈 몇 천원이라니 저렴한 거 아닌가? 게다가 올 컬러다. 올 컬러 단행본은 2~3만원대가 넘는데, 잡지는 예외다. 잡지는 잡지에 실린 광고에서 수익을 얻으니 판매가는 낮게 유지할 수 있다.

옆길로 샜지만 잡지의 신이 있는 셈 치고, 나는 무엇을 빌까. 잡지 에디터가 이미 되었으니 기사를 더 잘 쓰게 해달라고 빌까? 다음 호는 덜 힘들게 해달라고 빌어볼까?

딱히 떠오르지 않는데… 아, 하나 발견했다.

독자들이 미용실 말고도 다른 곳에서 잡지를 봤으면 좋겠다. 유명 스타가 나오지 않아도 그 잡지가 흥미로워서 샀으면 좋겠다. 잡지의 인스타그램 팔로워 숫자만큼 그 잡지가 팔리고 읽히면 좋겠다. 잡지는 돈 주고 사서 보는 게 아니라는 선입견이 없어졌음 좋겠다. 사실… 우리가 잘하면 어련히 알아서들 보시겠나 싶다. 소원을 수정해야겠다. 잡지의 신이시여, 변해가는 시대와 세대에 맞춰 우리는 어떻게 대처해야 하는지 알려주세요. 네?

내겐 가장 힘든 일, 인터뷰

어쩌면 잡지사를 다니면서 내가 가장 많이 한 일은 인터뷰일 거다. 잘해보려고 가장 애쓴 일도 인터뷰일 것이다. 인터뷰는 어렵다. 옛날에 남자친구에게 나를 인터뷰해보라고 한 적이 있다. 인터뷰를 당하는 입장이 되면 뭔가 깨달음을 얻을 것 같았다. 남자친구는 "십 년 후 당신은 어떤 모습일 것 같나요?" 같은 질문을 두세 개 하다가 마지막으로 물었다. "술이나 먹으면 안 될까?…"

인터뷰 학원에 다녀보기도 했다. 사실 학원까지는 아니고, 여성 인권에 대한 온라인 저널인 《일다》에서 진행하는 두 달짜리 인터뷰 특강이었다. 일주일에 한 번, 서대문의 강의실에 갔다. 강남에 있는 회사에서 여섯 시에 칼퇴

해야 시작 시간인 일곱 시에 맞출 수 있었다. 저녁 먹을 시간이 없었다. 이십여 명의 수강생들은 포일에 싼 김밥이나 간식을 오물거리며 강의를 들었다. 인터뷰에 다들 이렇게 관심이 많구나 싶었다.

기자는 나뿐이고, 다들 다양한 이유로 모였다. 한 여성은 엄마를 인터뷰하고 싶어 했다. 우리 엄마나 할머니의 생애를 인터뷰하는 용기를 나는 언제나 가질 수 있을까? 한 대학원생은 논문을 쓰기 위해 여러 사람을 인터뷰해야 한다고 했다. 정말 순전히 대화의 기술을 배우고 싶어서 온 사람도 있었다.

나는 강의 말고도 인터뷰 관련 책도 찾아 읽었다. 글쓰기 책은 많아도 인터뷰 책은 흔하지 않다. 그것도 대부분 "누구를 인터뷰했고 그 상황은 이랬다"라는 에피소드 위주지, 정확한 '기술'은 나와 있지 않았다. 하긴, 그 기술이 있기는 할까? 아마 내가 인터뷰에 관한 책을 쓴다면 '지난 인터뷰이들에게 바치는 사죄문' 정도 되겠다. 나의 인터뷰사(史)는 이불 킥, 그러니까 부끄러운 순간들로 가득하다.

두 뮤지션의 인터뷰가 생각난다. 한번은 원맨 밴드 검

정치마를 인터뷰했는데, 뜻밖에 검정치마와 함께 작업한다는 친구가 동석했다. 커피 세 잔을 놓기에는 작은 테이블이었다. 아니 왜? 하고 묻고 싶었지만 한편으론 같이 앨범 작업을 했으니 그런가 보다 했다. 문제는 내가 뜻밖의 갤러리 때문인지 얼어붙기 시작한 거였다. 인터뷰이인 검정치마가 아니라 자꾸 옆에 앉은 친구의 눈치를 보게 되었다. 미안하지만 둘이 인터뷰를 하고 싶으니 다른 자리에서 기다려 달라고 양해를 구했으면 되는데, 그러지 않았으니 내 잘못이다. 그리고 솔직히 고백하면, 그의 음악 세계를 잘 몰랐다. 모르면 공부를 해 가거나, 준비가 부족했다고 사전에 양해를 구하고 궁금한 점을 배워가듯이 인터뷰해야 했는데 그냥 얼버무렸던 것 같다. 인터뷰는 참사였다. 성의껏 대답해 주던 그는 "오늘은 왜인지 모르게 인터뷰가 힘이 드네요"라고 했다. 지금 와서 말하지만, 미안합니다(혹시 그 이후에 인터뷰를 잘 하지 않는 이유가 저 때문은 아니길 바랍니다).

또 한 명은 이석원이다. 그는 언니네 이발관이라는 유명 밴드 멤버이기도 했지만, 당시에는 에세이를 낸 작가로서 인터뷰를 요청했다. 그의 책을 정말이지 좋아해서

꼼꼼히 읽었고, 그만큼 할 말도 많았다. 문제는, 그 자리가 인터뷰보다는 팬 미팅이자 연애 상담소가 돼 버렸다는 것. 그는 두세 시간 동안 내 질문에 성실히 답변해 주었지만, 속으로는 어찌 생각했을지! 나는 작가 이석원이 글을 쓰는 의도나 취향 또는 심경 같은, 독자들이 궁금할 내용보다는 나의 사적인 욕심을 채웠다. "저 그래서 그 남자친구 만날까요, 말까요?" 이딴 질문도 했던 것 같다. 그래도 끝까지 답변해 준 이석원 님 감사합니다(역시 그 이후에 인터뷰를 잘 안 하시던데 그 이유가 저 때문은 아니길 바랍니다).

자, 에피소드는 이쯤 하고⋯ 수많은 사람들(희생양)을 인터뷰하며 얻은 몇 가지 규칙이 있다.

첫째, 인터뷰의 목적을 분명히 할 것. 내가 지금 이 사람을 왜 인터뷰하는지, 나의 목적이 바르게 서야 한다.

둘째, 섭외도 인터뷰의 과정이다. 섭외할 때부터 은근히 무성의가 느껴지면 보통 인터뷰가 거절되거나, 인터뷰 자리에 나오더라도 인터뷰이는 '치고 빠지는 인터뷰'라고 생각하고 딱 그만큼의 태도만 취할 수 있다.

셋째, 진정성. 이것이 가장 중요하다. 인터뷰의 목적을 설정할 때, 질문지를 작성할 때, 그 사람과 대화를 나눌 때 진심으로 대해야 한다. 서로 해하려 하는 인터뷰가 아니니, 그를 진심으로 좋아하고 이해하려 애쓰고 질문도 정말 궁금한 것을 물어본다. 습관적으로 일반적인 질문들을 적어가는 경우가 많은데, 정말 궁금한 것을 물을 때(그것은 종종 세세한 사항이 되곤 한다) 좋은 질문이 될 확률이 높다. 내가 진심을 갖고 대하면 상대에게도 반드시 전해진다. 이에 따른 답변 역시 달라지기 마련이다.

넷째, 인터뷰 기사가 잡지에 게재된 뒤에도 인터뷰는 끝나지 않는다. 인터뷰에 응해준 당사자에게 책을 보내주고, 다시 한번 감사의 인사를 전할 때 인터뷰는 비로소 끝이 난다. 아, 물론 요즘엔 인터뷰 기사가 끝없이, 영원히 인터넷에 유령처럼 떠돌기도 한다. 때론 욕도 먹는다. 하지만 그것이 내 진심을 다한 인터뷰라면, 덜 아프다.

좋은 글과 나쁜 글

에디터는 글을 잘 써야 할까? 아주아주 잘 쓰지는 못해도, 기본은 써야 한다. 그럼 기본은 무엇일까? 한마디로 "무슨 소리야?" 소리가 나오면 안 된다. 이해가 어려워 문장의 처음으로 돌아가지 않는 글. 사실 되돌아가 주는 독자도 거의 없다. 그냥 덮어버리지.

그러면 좋은 글과 나쁜 글은 무엇일까? 또 잡지에 실릴 글과 실려선 안 되는 글은? 좋은 글에 대해 생각해 본다 (아, 내가 쓴 적이나 있을까). 내게 좋은 글이란, 우선 주제가 뚜렷해야 한다. 의식의 흐름대로 늘어놓는 글은 읽는 이를 고려하지 않아도 되는 일기장 혹은 그 자체가 문학이 되는, 몇 안 되는 경우에만 허용된다. 특히 잡지의 칼럼은 뚜렷한 주제가 있다. '채식은 건강에 좋을까'라는 주제의 칼럼이라면, 명확한 결론은 내리지 못할지라도 '채식과 건강의 관계'라는 주제에서 벗어나선 안 된다.

또 잡지에서 좋은 글은 취재가 바탕이 되어야 한다. '왜 연애 패턴은 반복될까'라는 주제의 글을 쓴다 치자. 사실 이런 칼럼은 실제 인물(웬만하면 필자 자신)의 경험과 후회, 소회 등을 풀 때 읽는 재미가 있다. 하지만 여기에 그치기보다는 나는 왜 그럴 수밖에 없는지에 대한 고민, 나와 비슷한 사례들, 심리학자나 정신과 전문의 등의 조언 등이 함께할 때 더 풍성한 글이 된다. 내 경험만 늘어놓고 끝낸다면 네이트 판이나 다름없다.

그리고 진정성 있는, 베끼지 않은 글이어야 한다. 글쓴이가 진심인지 아닌지 읽으면 다 느껴진다. 이는 내가 가장 중요하게 생각하는 요건이기도 하다. 은근히 남의 글을 베끼는 경우가 많다. 소설이나 시에서 좋은 표현을 외웠다가 살짝만 바꿔서 내 것처럼 쓰기도 하고, 정보를 베끼는 사례도 많다. 나만의 글을 쓸 줄 알아야 한다.

그렇다면 나쁜 글은 무엇일까? 물론 좋은 글의 요건에

어긋난 글이다. 잡지에 글을 쓰며 흔히 저지르는 실수를 생각해 봤다.

첫째, 기본 맞춤법을 지키지 않았으며 식상한 표현과 어휘력 부족이 난무한 글. 한번은 교정 선배가 "이 원고는 너무 특별해서 볼 수가 없다"라며 되돌려 보낸 원고가 있다. 그 원고에는 문장마다 '특별'이란 단어가 들어갔다. "특별한 날에 이 특별한 옷을 선택하는 그의 감각은 정말이지 특별하다"라는 식. 다음에는 이런 문장을 발견했다. "목돌이를 가져갔다." 목돌이? 호돌이 꿈돌이 이후로 새로 나온 캐릭터인가? 설마 했지만, 추운 날 목에 감싸는 그 목도리였다. 물론 나도 실수를 많이 한다. 맞춤법도 띄어쓰기도 잘 모른다(솔직히 너무 어렵다). 에디터의 맞춤법과 띄어쓰기 오류를 잡아내 고쳐주시는 교정 선생님들이 내 원고를 보고 욕을 많이 했을 거다.

맞춤법이 완벽하지 않고 글을 엄청 잘 쓰지는 못하더라도 기본은 갖춰야 한다. 자기 생각, 주장, 스타일을 표현하기 전에 기본을 갖춰야 한다. 목돌이는 실수일 수 있지만 그것이 한계라면 이 직업을 그만둬야 한다. 교정 선생님들은 목돌이를 목도리로 고쳐주려고 오시지 않으니까. 그리고 너무 '특별한' 그 문장처럼 어휘력이 부족하다면 그 또한 반성하고 노력해야 한다. 단숨에 어휘력을 늘리진 못할지라도 내 문장에 특별하다는 단어가 세 번이나 들어갔다면 그 단어를 대체하려고 찾아보는 노력은 해야 하며, 감히 최종 원고라고 제출해선 안 된다. 그런 기본을 갖춘 다음에 '글의 수준'을 논할 수 있다.

둘째, 자신이 얼마나 똑똑한지 자랑하는 글. 그런 글을 읽으면 속이 느끼하다. 인터뷰를 예로 들어보자면, 어떤 인터뷰는 질문이 답변보다 길다. 그럴 수 있다. 독자에게 정보를 주기 위해 질문이 길어지거나, 구체적인 질문으로 좋은 답변을 끌어내기 위해서다. 하지만 에디터 본인이 얼마나 유식한지 보여주려고 질문이 길어지기도 한다. 보통 그런 질문은 문장도 느글거린다. 인터뷰를 읽는 독자는 에디터의 생각을 궁금해하지 않는다. 칼럼도 마찬가지다. 얼마나 자존감 없는 사람이면 자기 자랑으로 가득한 글을 써댈까 싶은 생각이 든다. 어려운 단어와 전문 용어를 늘어놓는다고 유식해 보이지는 않는다. 친절하고 겸손하되 명료한 글이 좋은 글이다.

셋째, 늘어지는 글. 문장이나 글에 자신이 없다 보니 자꾸만 길어진다. 흔히 만연체가 되는데, 때론 주어와 서술어가 짝을 잃고 헤매게 되기도 한다. 소리 내서 읽었을 때 리드미컬하게 생명력을 갖는 아름다운 문장들이 아니라면 만연체는 함부로 도전해선 안 된다. 자신의 부족함을 감추기 위해 억지로 늘어트린 글은 세상에 피로 한 스푼을 더하는 것.

마지막으로, 자신의 색채가 없는 글. 나무랄 데 없는 글이지만 매력이 없는 글이 있다. 죽은 글이다.

이쯤 되니 손이 오그라든다. 나도 글을 잘 못 쓴다. 점점 더 못 쓰는 것 같다. 나 같은 에디터도 있으니 '나는 글을 잘 못 쓰는 편인데, 이 일을 할 수 있을까' 하고 자책하지 말길. 노벨문학상을 꿈꾸는 자리가 아니다. 많은 잡지 기자가 글쓰기가 좋아서 이 직업을 택하고, 회사 다니며 신춘문예에 응모하는 이도 많고, 실제 김중혁, 김연수 같은 소설가가 잡지사 출신이지만, 글이 잡지 기자의 전부는 아니다. 기본을 갖추고 나머지는 차차 발전시키면 된다. 나도, 우리도 모두 노력해 보아요!

컵라면 먹으며 건강 기사를?

백영옥의 소설『스타일』에는 건강 기사를 쓰며 컵라면을 먹는 잡지 기자가 나온다. 2008년 출간 당시, 책을 읽으며 '저자가 잡지사에서 일했다더니 나름의 리얼리티가 있군' 하고 생각했다. 십여 년이 흘렀고 나도 여전히 건강 기사를 쓰며 컵라면을 먹는다. 기사의 주제는 달라졌지만, 컵라면의 브랜드는 똑같다. 신라면 아니면 진라면, 가끔 튀김우동, 스트레스 최고치일 때는 불닭볶음면(수년째 최고의 자리를 지키는 대단한 라면들).

건강 기사를 쓰기 위해 한 달간 웰빙을 체험할 수는 있지만 원래부터 웰빙한 사람일 수는 없고, 웰빙한 삶을 평생 살 수도 없다. 나도 초창기엔 현실과 기사의 간극에 시달렸다. 거짓말쟁이가 된 것 같았다. 섹스한 지 오래됐는데 섹스 기사를 써도 될까? 하지 않은 섹스를 했다는 기사는 거짓말이지만, 어떤 섹스가 유행하는지 쓸 수는 있겠지. 카드사의 독촉 전화를 받으면서도 미슐랭 레스토랑의 값비싼 코스요리를 소개할 수는 있다. 먹어보지 않은 걸 먹어봤다고 쓰는 게 거짓말이지.

패션지 에디터인 나도 기사의 진실성을 고민한다. 사회 비리를 파헤치는 영화 〈스포트라이트〉 속 기자들만 그런 게 아니다. 글을 쓰는 사람은 모두 그럴 것이다. 내 기준은 단순하다. 해보지 않고 했다 하지 말고, 느낌을 지어내지 말 것.

가끔 이 기준을 어기는 에디터를 보면 화가 나기도 한다. 매달 성(性) 경험담을 수집해 기사를 쓰는 에디터가 있었다. 한번은 그의 원나잇 스탠드 기사에 내 친구 이름이 직업과 함께 등장했다. 그 친구 이름은 너무 특이해서 (독고순탁 정도) 같은 직업의 동명이인이 있기란 불가능했다. 친구는 취재에 응한 적이 없는데, 해당 기사를 쓴 에디터는 끝까지 동명이인을 취재했다고 우겼다. 마감에 닥쳐서 급히 원고를 내야 했을지라도 그래서는 안 됐다.

어떤 독자는 잡지에 나오는 섹스 기사가 다 거짓말이라고 말한다. 글쎄. 나는 그래본 적 없고, 섹스 기사 계의 최전방에 있던 한 선배도 내가 아는 한 늘 진실만을 썼다. 그 선배의 섹스 기사를 본 장인어른이 결혼을 무른 전설도 있다(선배에게 위험수당을…).

좋아하는 뮤지션을 인터뷰하다가 실망하는 경우도 있다. 내가 듣던 아름다운 가사를 이 사람이 쓴 게 맞나 싶을 정도로 그의 말들이 실망스럽기 때문이다. 나는 작품과 창작자는 별개라고 생각한다. 작품은 창작자에게서 나왔지만, 세상에 선보인 다음엔 독립적인 생명력을 갖기 때문이다. 마찬가지로 에디터와 기사를 완전히 동일시하지 않는 게 좋을 때도 있다. 물론 에디터의 취향, 심미안, 소양 등이 기사를 결정한다고 누누이 말해왔지만, 때론 이런 생각이 든다. 어떤 기사는 에디터 자신이 아니라 그가 바라는 원더랜드를 담을 때도 있다고. 컵라면 먹는 에디터도 건강을 위한 기사를 쓸 수 있다. 건강해지고 싶으니까. 건강한 정보를 주고 싶으니까. 그저 정보와 경험을 왜곡하지 않고 구축한 이상향이라면, 괜찮은 기사라고 생각한다.

미리 좀 보여주세요

　인터뷰를 마치고 완성된 기사를 보여달라는 인터뷰이가 있다. 대부분 공손하게 요청하지만, 그래도 기분이 나쁘다.

　"혹시 완성된 원고를 한번 보여주실 수 있을까요?"

　"그래본 적이 없어요." 아직은 웃고 있다.

　"저희가 수정을 하겠다는 게 아니라 그냥 궁금해서요."

　"수정 안 하실 거면 기다리셨다가 책으로 보시면 되죠."

　"다른 기자는 보여주던데…."

　"그 기자 이름이 뭐죠?"

　"아니, 보통 그렇더라고요."

　"저는 그래본 적 없는데요. 이건 편집권 침해이고 결례

입니다."

몇 년 전에, 한 남자 배우를 인터뷰했다. 당시 주목받는 기대주였다. 인터뷰 당일에 매니저뿐 아니라 회사 대표까지 출두했다. 그리고 인터뷰가 끝난 날 밤, 대표에게서 전화가 왔다. 장황하게 이런저런 얘기를 했지만, 결국엔 기사가 나가기 전에 보여달라는 거였다. 거절했다. 또 전화가 왔다. 또 거절했다. 그 대표도 대단하지. 우리 배우가 말을 잘 못해서, 어린 친구라 생각이 부족해서, 하며 계속 부탁했다. 내가 최선을 다해 쓸 테니 걱정 말라고 했지만 그는 포기하지 않았다. 물론 나도 끝까지 웃으며 보여주지 않았다. 지금 생각하면 "그렇게 걱정되면 인터뷰를 하지 말았어야죠"라고 말할 걸 싶다.

인터뷰이가 인터뷰 원고를 보여달라고 하면 기분이 나쁘다. 서로의 직업 혹은 입장에 예의를 갖추지 않아서다. 원고를 보여달라는 것은 편집권 침해다. 레스토랑에 가서는 소문을 듣고 왔는데 혹시 모르니 음식을 한입 먹어보고 주문하겠다는 것과 비슷하다(적절한 비유이길). 내가 이 매체와 인터뷰하기로 결정했다면, 신뢰해야 한다. 인터뷰어를 믿고, 아니면 최소한 그의 직업을 존중하고 이야기를 나눠야 한다.

"어떻게 쓸지 못 믿겠으니, 완성 원고를 내가 봐야겠어" 해서는 안 된다. 믿지 못하겠으면 인터뷰를 하지 않으면 된다. "내가 한 이야기가 왜곡돼서 나오니까 그렇잖아요"라고 말할 수 있다. 이해한다. 나도 인터뷰를 간혹 당하는데, 정말 내가 이렇게 이야기했나 의아할 때가 있다. 하지만 사람 사이에 완벽한 커뮤니케이션은 없다고 생각한다. 대화란 그런 것이 아닐까? 가끔 나를 인터뷰한 기사를 보면, 내가 이렇게 보이는구나, 그 기자의 필터로는 내가 이렇게 걸러졌구나, 어쩌면 이것도 내 모습일 수 있구나, 발견하는 기쁨도 느낀다.

물론 이 글은 인터뷰어의 일방적인 입장일 수 있다. 진작 잘하지 그랬냐고 말하면 할 말이 없다. 그저 서로의 직업에 대한 존중을 말하고 싶을 뿐이다. 몇몇 동료는 내가 이 문제에 너무 민감하다고 말한다.

"나랑아, 난 잡지 인터뷰라는 거, 사진 촬영이라는 거, 어찌 보면 협업이라고 생각해. 우리에게 시간과 수고를 내주는 만큼 우리도 어느 정도 그가 바라는 것을 충족시켜 주는 것은 어떨까 한다는 말이야."

다른 동료는 안쓰러운 마음에 원고를 보여준 적이 있다고 했다.

"소속사에서 상품처럼 키워진 어린 친구였어. 자기가 한 말이 기사화되어 연예계 활동을 멈출 뻔했던 적이 있더라고. 인터뷰를 하면서도 벌벌 떨었지. 다시 실수할까봐 떠는 그가 너무 안쓰러웠어."

아마 나였다면 그 어린 연예인의 기사를 최선을 다해 잘 쓰겠지만, 원고를 보내주지는 않을 거다. 나는 왜 그럴까? 내가 너무 오버일까? 어쩌면 내가 무시당했다는 사적인 분노가 섞인 걸까? 수년을 시간과 노력을 바치며 어제보다 나아지기 위해 노력했던 이 일을 누군가 쉽게 보았던 몇몇 기억이 쌓여 분노가 되어있는지도 모르겠다. 어쩌면 그에 대한 글을 써서 대중에게 보이는 것이 권력이랍시고 생각하는지도 모른다. 이 모든 허름함을 인정한다. 하지만 아주 특별한 경우(그의 발언에 나라가 흔들리는 중요한 역사적 사실이 있는 등)를 제외하곤, 인터뷰 내용을 사전에 보여달라는 것은 편집권 침해이다. 그 침해에 내가 여태껏 분노로 대응했다면, 보다 침착하게 대응할 필요는 있겠다.

　사실… 나도 보여준 적이 있다. 막내 기자 때 한 여성 시인을 인터뷰했다. 경복궁역 근처 그의 집을 찾았다. 그는 인사를 나누자마자 삼겹살을 먹으러 가자고 했다. 배고프신가 보다 하여 그의 어린 딸과 함께 동네 고깃집에 갔다. 상에 펼친 인터뷰 수첩 위로 노란 기름이 툭툭 튀었다. 식사 후에 별도의 인터뷰 시간이 없을 거 같아, 눈치를 보며 질문을 했다. 그가 쌈 쌀 때 질문하고, 씹을 땐 기다렸다. 다 먹은 후에 시인은 내가 계산할 줄 알고 계산대로부터 멀찍이 서 있었지만, 나는 생각 없이 가게를 나와버렸다. 어렵게 시간을 내주셨는데 대접을 해야 했나, 지금 생각하면 민망하다. 어쨌든 주변머리도 없는 기자에게 실망해서인지, 후에 그로부터 연락이 와서는 인터뷰 원고를 보여달라고 했다. 보내줬다. 다음 날 답장이 왔다. "글을 잘 쓰네요"라고.
　자랑이 아니라, 개차반일 줄 알았는데 그 정도는 아니었나 보다. 어쨌든 그때는 인터뷰 원고를 보여달라는 사람도 처음이었고, 그 문제에 관해 생각해 본 적도 없었고,

'어른'이라는 기에 눌려 원고를 보여줬던 것 같다. 처음이자 마지막이었다.

그리고 나의 의지와 상관없이 회사에서 내 기사를 보여준 적도 있다. 한 힙합 그룹의 인터뷰였는데, 나중에 매니저가 전화를 걸어와서는 특정 부분을 고쳐달라는 거다.

"네? 아니, 뭘 고쳐요? 기사를 봤어요?"

"아… 기자님 모르셨어요? 저희는 보여달라고 안 했는데 보내주서서…."

알고 보니 힙합 그룹과 친한 회사 관계자가 원고를 빼서 보여준 것이다. 나는 씩씩거리며 (그러기만 하면 좋은데 왜 눈물은 나는지) 그에게 따졌지만, 얘기를 들어보니 여러 사정이 얽혀 있었다. 사회생활 하다 보면 그럴 때 있지 않나. 나의 자존심이나 지키자고 누군가를 곤란하게 만들 수 없는 상황.

이렇게 쓰고 나니 아주 대단한 인터뷰나 하는 것 같지만, 그냥 내가 에디터 생활을 하면서 지켜온 원칙이다. 나도 실수를 하고 기사가 잘못 나가기도 하지만, 거기에 대한 책임은 내가 진다. 더 나은 인터뷰를 하도록 언제나 노력할 거다(그러니 제발 보여달라고 하지 마세요).

핫하지 않은 내가 핫한 기사를 쓰는 방법

나는 핫한 인간이 아니다. 힙스터도 아니다. 유행을 따르기엔 생활 속도가 느리다. 그런데 한때 친구들은 내게 핫한 클럽, 카페, 레스토랑을 자주 물어 왔다. 인간 맛집 앱 수준이었다.

"나 지금 이태원인데, 어디 커피가 맛있어?"

"요즘 청담동에서 어디가 떠?"

"시부모님 모시고 어느 레스토랑에 가면 좋을까?"

십 년 전만 해도, 레스토랑이나 카페 취재를 많이 해서 쉽게 추천할 수 있었다. 친구들에게 알려주는 일도 즐거웠다. 그런데 날이 갈수록 그런 취재를 나가지 않게 됐고, 집 앞 오백 미터 내외를 좋아하는 인간이 되었다. 가장 맛

있는 술은 남이 사주는 술이 아니라 집 앞에서 먹는 술이다. "안일하고 게으르군! 잡지 에디터란 사람이 말야!"라고 욕해도 괜찮다. 여기저기 다니던 에너지와 시간을 이제 다른 데 쓴다. 책을 읽거나, 넷플릭스를 보거나, 잠을 자거나(그리 생산적이지는 않지만)⋯. 여전히 활동적으로 돌아다니는 동료를 보면 대단하다. 그들은 진심으로 그 분야를 좋아한다. 한 동료는 압구정을 돌아다니다가 공사 중인 곳이 있으면 들어가서 "어떤 가게 생기나요?"라고 묻는다. 하지만, 나 같은 인간도 있는 법이다.

　잡지는 말 그대로 잡다한 모든 것을 다룬다. 애초에 에디터가 모든 것을 제대로 알기란 불가능하다. 열심히 발로 뛰어도 한계가 있다. 그러니 창의적이고 핫하고 다양한 활동가들과 꾸준히 접선해야 한다. 예를 들면, 수제 맥주를 너무 좋아해 팔도의 양조장을 찾아다니는 한 미식가가 있다면 그 전문가에게 기사를 발주하는 것이다. "전국의 젊은 양조장 특집 기사를 써보실래요?"라면서. 또 그를 취재해 기사를 구성하기도 한다. 물론 이런 기사를 발주하려면 양조장이 많이 생긴다는 정보를 알고 있어야 한다. 무엇이 유행하는지 정도는 레이더를 켜고 있어야 한다는 거다. 사실 그 레이더 스위치마저도 다른 여러 활동가와 대화하며 언곤 한다. "요즘 어떠세요?"라는 평범한 질문에서 몰랐던 소식이 쏟아지기도 한다.

핫하지 않은 내가 핫한 기사를 쓰는 방법은 세 가지다. 첫째, 몸을 움직여 직접 얻어낼 것. 둘째, 다양한 분야의 활동가와 교류할 것. 셋째, 세상이 어떻게 돌아가는지 레이더를 켜고 있을 것. 내가 기본은 알고 있어야 여러 전문가들의 소스도, 몸을 움직여 얻는 정보도 기사화할 수 있기 때문이다.

이런 일련의 것들이 때로는 허망하기도 하다. 너무 여러 분야를 다뤄야 하고, 시간을 두고 깊이 파기보다는 매번 새로운 분야를 찾아내 소개해야 하기 때문이다. 그렇기에 오히려 내가 좋아하는 분야 하나쯤은 나름의 동력을 돌리며 꾸준히 공부한다. 그 분야가 핫하지 않아도 된다. 다른 것도 아니고 좋아하는 분야를 놓지 않는 일이니, 그리 힘들지도 않다. 만약 동력이 깊어져 그 분야의 전문가가 된다면 잡지 기자 생활을 하면서 더 많은 기회를 잡을 수도 있다. 그 분야에 관한 원고 청탁이 들어올 수 있고,

관련 프로젝트를 할 수도 있다. 그 기회들을 잡으면서 더 깊게 빠질 수도 있다. 선순환이다.

그래서 나는 무엇을 공부 중이냐고? 안타깝게도 아직 찾는 중이다. 한때는 출판이었고, 한때는 아트였고, 한때는 채식이었다. 쉽게 질려서 문제다.

한밤의 뉴욕 호텔에 걸려온 전화

TV 프로그램 〈SNL 코리아〉의 제작자를 인터뷰한 적이 있다. 그는 생방송이 있는 토요일을 빼고는 대중교통에서 책을 읽으며 출퇴근을 한다고 했다. 혼자 있는 시간에 아이디어를 얻기 때문이다. 〈SNL 코리아〉의 힘은 '국장부터 막내 작가까지 평등하게 아이디어를 내고, 까이는 데 주저함이 없는 집단지성'이라고 했다. 그의 겸손과 지성에 이야기를 나눌수록 마음이 따뜻해졌다. 씨실과 날실로 솔을 짜는 듯한 좋은 대화였다.

당시 그의 고민은 코미디의 경계였다. 많은 작가와 출연진이 고심해서 만드는 코미디지만, 누군가에게 종종 상처를 주기 때문이다. 나도 비슷한 고민이 있다. 활자는 의

도치 않게 폭력이 되곤 한다. 같은 말이라도 글이 되면 더 날카로워질 수 있다. 말을 글로 가다듬는 사이 차갑고 건조하게 말라버리기도 해서다.

이를 절실히 느낀 사건이 있었다. 뉴욕 출장 중, K 피디로부터 전화가 왔다. 한밤에 호텔방에 울리는 전화벨이라니, 왠지 불길했다. 전화를 받자, 역시나 K의 음성이 축 가라앉아 있었다. 그는 내게 섭섭하다고 했다. 나를 믿고 코멘트를 해줬는데 의도와 다르게 기사화가 됐다고 했다. 그가 한 말을 그대로 옮겼는데, 왜 그럴까? 기사를 다시 읽어봤다.

호칭에 관한 기사였다. 다섯 살 어린 나에게 선생님이라고 부르는 K에게, 대체 왜 그러는지 물었다. 그는 오래도록 연유를 설명했지만 나는 그의 앞뒤 말은 자르고 "처지가 어려운 사람들에게 예의를 보이고자 선생님이라 부른다"라는 문장만 기사에 인용했다. 다시 읽으니 잘난 척같았다. 그가 황당했을 법하다. 예민한 주제에 실명으로 나가는 코멘트인데, 말을 글로 옮기기 전에 여러 차례 생각했어야 했다. 뉴욕 호텔의 침대에 앉아 한동안 못 일어났다. 내가 이런 식으로 수많은 사람에게 상처를 줬겠구

나. K는 일로 만났지만 친한 사이다. 그래서 용기를 내어 내게 섭섭함을 비춘 거다. "뭐 이런 기자가 다 있어"라며 화를 내거나, 마음에서 삭제하고 연을 끊어버릴 수도 있었다. 내가 무엇을 잘못했는지 깨닫게 해주어 고마웠다. 그와는 지금도 잘 지낸다.

그 뒤로 글을 쓸 때 더욱 조심한다. 누군가에게 상처를 주지 않는 글인지, 누구를 아프게 할 만큼 가치 있는 글인지 살핀다. K 덕분에 생긴 좋은 변화다. 하지만 커뮤니케이션의 문제는 앞으로도 발생할 것이다. 같은 주제로 이야기를 나누고 서로의 말을 이해했다고 여기지만, 실상은 다르게 받아들인 경우가 많다. 언어는 내 입에서 나와 상대에게 가닿을 때 필터를 거치며 다른 의미로 변할 수 있다. 분홍색이라 했을 때 각자 떠올리는 분홍이 다르듯 말이다. 사회에서 약속된 분홍색의 범위 안에서도 각자가 보고, 듣고, 겪고, 옳다고 여겨온 농도와 채도가 다르다. 같은 맥락에서, 사회생활에서도 커뮤니케이션이 가장 어려운 것 같다. "제가 말했잖아요." "저는 말한 대로 했는데요?" "제가 언제 그렇게 하랬어요?"라는 설전이 오갈 수밖에.

우리는 정확한 커뮤니케이션을 위해 노력해야 한다. 이제 나는 누군가를 인터뷰하거나 코멘트를 구할 때, 재차 확인한다. 그가 한 말을 다시 정리해서 "이런 뜻이 맞죠?"라고 되묻는다. 놀랍게도 열에 여덟은 그런 뜻이 아니라고 정정하기 때문이다. 거기다 녹음도 한다. 상대를 취재할 때 양해를 구하고 녹음기를 켠다. 추후에 그 녹음을 들으며 의도를 다시 이해해 본다(현장에서 재차 질문해 상대의 의도를 정확히 파악하는 것이 먼저겠지만). 그리고 녹음을 텍스트로도 풀어본다. 그런데 K와의 일화처럼, 말한 그대로를 갖다 썼는데 어딘가 더 날카롭게 변할 때가 있다. 대화에서 나눴던 분위기, 말투, 농담 등이 마이크로소프트 워드에까지 담기기 어려울 수밖에. 그와 나눈 대화의 공간에 독자는 없었기에, 활자를 화자의 의도에 맞게 조심스레 가공해야 한다. 그의 본래 의도를 맞추기 위한 가공이다.

이런저런 노력을 하지만, 커뮤니케이션은 여전히 어렵고 내 글은 누군가에게 실망과 상처를 줄지도 모른다. 만약 그런 분이 계셨다면 다시 한번 죄송한 마음을 전한다.

톰 포드의 욕조

'럭서리함'을 휴대폰과 낮잠을 기준으로 판단한다. 점심 먹고 졸리면 낮잠을 잘 수 있는 것, 연락이 오든 말든 상관 없이 휴대폰을 보지 않는 것. 둘 다 회사를 다니면서 할 수 없다…. 한번은 유명 디자이너 톰 포드의 인터뷰를 읽었 는데, 그는 하루 세 번 욕조에 몸을 담그며 세 번 옷을 갈 아입는다고 했다. 나는 야근하다 찜질방에서 자는데. 물 론 스타킹은 빨아서 신고 나왔다(목욕탕에서 빨래는 금지 입니다만).

내게도 톰 포드의 욕조가 있다. 한 달에 한 번 마감을 치르고 기획 회의까지 끝나면 생기는 여유가 그것이다. 그때는 친구와 점심을 두세 시간 동안 먹고, 미팅한답시고 긴 수다를 떨기도 한다. 영감을 받겠다며 삼청동까지 택시를 타고 나가 전시를 보고 서점에도 들른다. 가끔은 이런 시간을 가져야 다음 동력을 얻고 아이디어가 나올 틈이 생긴다.

어떤 편집장은 사무실에 앉아 있기보다는 나가서 뭐 하나라도 보고, 누구라도 만나라고 한다. 그 말에 충성을 다해 그간 못 만났던 필자, 작가, 창작자를 두루 만나기도 한다. 그들과 만나서 이런저런 얘기를 하다 보면 좋은 기획을 얻기도 한다. 좋은 기획은 역시 뉴스나 인터넷이 아니라 사람에게서 나온다. 인터넷에서 기획을 얻는 순간 이미 한발 늦은 거니까.

영화 시사회에도 간다. 영화 전문 잡지가 아니니 시사회를 강박적으로 챙기지는 않는다. 정말 관심이 있거나, 인터뷰가 예정된 사람의 영화 말고는 챙기기 힘들다. 보통 시사회는 용산, 동대문, 왕십리, 건대의 영화관에서 열리는데 강남의 사무실에서 오가려면 최소 한 시간이다. 영화의 상영시간은 약 두 시간이니 네다섯 시간을 투자하는 셈이 된다.

이 기간에는 초대되는 행사에도 되도록 참석한다. 기

업이나 브랜드에서 신제품 출시 등 새로운 소식이 있으면 에디터를 초대해 설명회를 여는데, 이를 흔히 '행사'라고 부른다. 바쁠 때는 행사에 잘 가지도 못하지만 마감이 끝나면 최대한 참석해 설명을 듣고 이런 게 있구나 하고 감을 잡는다. 그 분야의 트렌드를 알 수 있기에 행사도 부지런히 다녀야 한다.

이것이 대충 나의 마감 후 일주일 스케줄이다. 말해 놓고 보니 뭐, 대단한 럭셔리나 땡땡이는 아니다. 다음을 위한 워밍업, 아이디어를 얻기 위한 가벼운 달리기라고나 할까? 그래서 여전히 나는 낮잠을 자고 휴대폰을 보지 않는 럭셔리한 삶을 꿈꾼다. 언제쯤 그런 삶을 살게 될까? 그런 시절이 오면 꾸준히 움직이던 때가 그리울까?

아, 나도 낮잠을 자긴 잔다. 회사 서랍 맨 아래 칸에는 두툼한 쿠션이 있다. 대놓고 머리에 베진 못하고, 배와 책상 사이에 끼고 앉은 채로 존다. 십 분이라도 졸다 깨면 개운하다. 이런 게 땡땡이지! 그런데 주 5일 근무제처럼 식후 삼십 분 낮잠을 보장해 주는 날이 왔으면 좋겠다. 누가 그랬다. 낮잠은 다시 태어나는 거라고.

오래 상게 오만 거시기 다 하네

일명 '할머니 화보'. 기사를 만들면서 이런 화제는 처음이었다.

시작은 한 장의 사진이었다. 은발의 백인 할머니께서 꽃을 안고 웃고 계셨다. 아름다웠다. 이 사진은 '희망'과 연결되었다. 코로나19로 세계가 곤경에 처한 2020년, 26개국《보그》가 'Hope'라는 동일한 주제로 9월호를 만들기로 했다. 희망은 어떤 모습일지, 추상적인 이미지부터 구체적인 인물까지 여러 후보를 올리며 몇 달을 보내고 있었다.

내게 희망은 할머니의 얼굴이었다. 우리는 할머니 모델이 아니라 실제로 시골에 사시는 100세 전후 할머니를 촬

영하기로 했다. 할머니의 시골집에서 고운 한복을 빼입혀
드리고 모양도 내고 꽃과 함께 촬영해 잡지에 싣고, 할머
니께 기념 선물로 드리고 싶었다. 보통 할머니 집에는 본
인의 예쁜 사진이 별로 없다. 자식의 결혼식이나 환갑잔
치의 단체 사진 혹은 영정 사진으로 찍어둔 것이 전부다.
할머니들은 가끔 물으셨다. "우리 같은 늙은이를 왜 찍을
라구 그랴." 우리는 이렇게 대답했다. "할머니 얼굴이 제
일 예쁘니까요. 젊은것들이 할머니 얼굴을 보면요, 마음
이 좋아져요."

　섭외는 장수촌 탐방부터 시작했다. 순창군 건강장수사
업소가 순창, 구례, 곡성, 담양의 100세 전후 할머니 여덟
분을 소개해 주었다. 네 지역은 대한민국 10대 장수 군 중
지리산권에 속한다. 일명 '구곡순담 어벤저스'! 이들은 서
로 연계하여 '백세인 축제'를 열고 해외 장수 마을과 협력
해 세미나도 개최한다.
　지난 7월 첫째 주, 스태프들과 함께 할머니의 집을 사전
답사했다. 인사를 드리고 입혀드릴 한복의 치수도 쟀다.
할머니들의 집은 굽이굽이 산골짜기에 자리해 얼마나 아

216

름다운지, 촬영 덕분에 이런 곳도 구경한다며 다들 즐거워했다. 할머니들은 평생 일해오신 바지런함 덕분인지 그 연세에도 텃밭을 직접 가꾸고 세간을 일일이 쓸고 닦아 소박하지만 정갈한 공간에 머물고 계셨다. 호박, 고추, 복숭아, 포도, 감부터 채송화, 장미, 맨드라미, 토란 등 할머니의 손길을 받은 생명체가 마당에 가득했다. 100세 할머니 댁의 호박은 늘 풍년이라 동네 주민들과 나눠 먹고, 97세의 할머니는 다듬던 고구마 줄기를 우리에게 싸주고 싶다며 여러 차례 물으셨다. 깨끗한 자연, 부지런함, 따뜻한 마음이 장수 비결이지 싶었다.

촬영이 약속된 7월 셋째 주, 우리는 촬영지로 떠나지 못했다. 호남 지역에 세찬 장마가 왔기 때문이다. 할머니들께 전화를 드리며 안위를 여쭙고 사정을 설명해도, 혼자 사시는 분이 많으시고 귀가 잘 들리지 않으셔서 소통에 어려움이 꽤 있었다. 혹시 할머니들이 우리를 기다리실까 걱정했는데, 다행히 각 군청과 주민 센터에서 할머니들을 찾아뵙고 사정을 전달해 주었다.

7월 넷째 주, 장마전선이 중부지방으로 올라올 즈음 구곡순담으로 떠났다. 내려가는 고속도로는 비가 너무 내려

소형차는 물에 떠다니는 듯 보였다. 16인승 미니버스에 사진 장비와 한복, 꽃을 가득 싣고 십여 명의 스태프가 하늘에 기도하며 내려갔다. 다행히 할머니의 동네는 소나기가 간간이 내릴 뿐 촬영에는 무리 없는 날씨였다.

촬영 소식에 서울, 경기도, 광주 등지에 흩어져 살던 아들, 딸, 사위, 며느리, 손주가 한자리에 모인 집도 있었다. 막내딸은 우리 엄마 예쁘다며 팔짱을 끼고, 손녀는 자주 찾아뵙지 못해 죄송하다고 말하며 부끄러워했다. 한 스태프는 할머니의 한복을 입혀드리다 말고 고개를 돌렸다.

"어쩌죠, 눈물 나려고 해요. 엄마들은 다 똑같은 거 같아요."

할머니께 푸른 한복을 입혀드리고 립스틱을 발라드리니 "오래 상게 오만 거시기 다 하네"라며 웃으셨다. 할머니는 화장할 때 창피하니 창문을 닫으라셨지만, 이내 촬영을 즐기셨다. 할머니는 꽃을 좋아하셨다. 마당에는 만개한 화분이 그득하고 빨간 고추가 장미처럼 피어 있다. 방에는 손주가 준 카네이션을 말려 걸어두셨고 달력 그림마저 분재다.

"할머니는 꽃이 왜 좋으세요?"라고 여쭸더니, "시상에

꽃만큼 좋은 게 워디 있어"라신다. 할머니께 꽃반지를 만들어 끼워드렸더니 헤어질 때까지도 빼지 않으셨다.

"꽃만큼 좋은 게 또 뭐가 있어요?"

"젊은 시절은 다 좋제. 농사짓고 애들 키우는 거 다 좋았어."

할머니들과의 인터뷰에는 명확한 기준이 있었다. 고단한 인생사나 슬픈 기억을 떠올리게 하고 싶지 않았다. 우리 할머니는 지금까지도 일제강점기 시대극이나 전쟁 장면은 보지 않으신다. 할머니께 좋은 추억을 여쭙고, 지금 기분이 어떠하신지 혹은 우리에게 해주고 싶은 말씀이 무엇인지 정도만 듣고자 했다. 할머니들이 가장 많이 하신 말씀은 "고맙다"였다. 저희가 감사드린다고 해도, 할머니께서는 손님들의 방문 자체가 즐거우셨던 것 같다.

젊은 우리에게 해주고 싶어 하신 말씀은 비슷비슷했다. 106세의 할머니는 제주를 두 번이나 다녀왔다며 "젊음이 좋으니 여기저기 많이 다니라"고 하셨다. 할머니 대부분은 고향을 떠난 적이 없거나 시집온 후 평생을 한집에 사셨다. 지금은 거동 또한 불편하시니 아들 손 잡고 떠난 여행, 고속버스를 빌려 노인정 식구들과 다녔던 유적지를 더 향수 어려 하신다.

촬영을 준비하면서 연로하신 분들께 불편을 끼쳐드리지는 않을까 걱정했다. 그래서 할머니들의 거동에 일일이 신경을 썼는데, 그러다 실수를 하기도 했다. 보행기를 끌고 매일 정자로 나가시는 102세의 할머니는 그곳에서 노인들과 얘기 나누고 떡도 나눠 드시는 것이 주요 일과다. 정자와 댁까지는 이백 미터 정도. 나는 할머니를 업거나 양쪽에서 부축해 드리려 했는데, 할머니는 보행기를 끌고 혼자 가길 원하셨다. 마루에 오를 때도 "아무도 건드리지 말라"고 하시곤 천천히 한 다리씩 올리셨다. 할머니만의 방식이 있는 거였다. 느릴지라도 자신의 노하우와 규칙으로 일상을 살고 계신데, 함부로 어린아이 대하듯 한 나를 반성했다. 할머니는 수차례 난리를 다 겪으시고도 자식들과 논밭을 다 일궈낸 분이 아닌가. 할머니는 어디에서든 희망을 찾아내셨고, 지금도 꽃 같은 얼굴로 살아가신다.

8월 둘째 주, 나는 우리 할머니를 보러 갔다. 90세인 우리 할머니는 시골에서 아들과 며느리, 그러니까 나의 부모님과 함께 사신다. 얼마 전까지 노인정에 나가셨는데,

그곳의 공동체에 문제라도 생겼는지 요새는 집에만 계시며 송해의 〈전국노래자랑〉 재방송을 매일 보신다. 치킨을 좋아하시고 하루에 아이스크림을 다섯 개는 잡수시는 것 같다. 너무 많이 드시지 말라고 하면 몰래 드신다. 일하는 엄마가 바빠서 할머니가 나를 키우셨다. 고집이 세서 할머니의 파리채로 많이 맞았는데… 성격은 고쳐지지 않았다. 내가 직장 생활을 하다 아플 때도 할머니가 서울로 올라오셔서 삼시 세끼 밥을 해주시기도 했다.

우리 할머니는 요즘 깜빡깜빡하신다. 이전에 할머니의 젊은 시절 얘기를 들었는데 자세히 여쭙지 못해 죄송하다. 사실 할머니의 인생을 아는 것이 무서웠다. 그 아픔과 고난을 내가 이해나 할 수 있을까 해서…. 할머니가 있기에 내가 있다. 다음엔 우리 할머니 사진도 찍어드리고, 할머니의 이야기들도 용기를 내어 여쭙고 싶다.

평범한 어른이 오늘을 살아내는 방법
누구나 한 번쯤 계단에서 울지

초판 1쇄   2020년 10월 29일

지은이   김나랑

발행인   유철상
기획   이유나
편집   이현주, 이정은, 남영란, 정예슬
디자인   최윤정, 주인지, 조연경
마케팅   조종삼, 윤소담

펴낸곳   상상출판
출판등록   2009년 9월 22일(제305-2010-02호)
주소   서울특별시 동대문구 왕산로28길 39, 1층(용두동, 상상출판 빌딩)
전화   02-963-9891
팩스   02-963-9892
전자우편   sangsang9892@gmail.com
홈페이지   www.esangsang.co.kr
블로그   blog.naver.com/sangsang_pub
인쇄   다라니
종이   ㈜월드페이퍼

ISBN 979-11-90938-90-7 (03810)
©2020 김나랑